KATHERINE MANSFIELD
AN DER BUCHT
DAS GARTENFEST

Zwei Erzählungen

KATHERINE MANSFIELD
AN DER BUCHT
DAS GARTENFEST

Zwei Erzählungen
Mit einer Zeichnung von M. M. Prechtl

Büchergilde Gutenberg
1988

ALLE RECHTE VORBEHALTEN. © 1980 BÜCHERGILDE GUTENBERG
FRANKFURT AM MAIN. AUSSTATTUNG JUERGEN SEUSS,
NIDDATAL BEI FRANKFURT AM MAIN. SATZ UND DRUCK RICHARD
WENZEL, GOLDBACH BEI ASCHAFFENBURG.
SCHRIFT KORPUS UND CICERO WALBAUM AUF SATZSYSTEM ACS 3200
BERTHOLD. BINDEARBEITEN G. LACHENMAIER, REUTLINGEN.
PRINTED IN GERMANY 1988
ISBN 3 7632 3497 7

Neben der Normalausgabe erscheint eine Vorzugsausgabe von
300 Exemplaren. Sie enthält eine numerierte und signierte
Originallithographie auf Japan-Bütten aus der »Schattenbilder-Serie«
von Michael Mathias Prechtl, die in einer limitierten Auflage von
999 Exemplaren gedruckt wurde. Der Büchergilden-Vorzugsausgabe
liegen die Exemplare 700 bis 999 bei.

Katherine Mansfield

gezeichnet von Michael Mathias Prechtl

AN DER BUCHT

I.

Sehr früh am Morgen. Die Sonne war noch nicht aufgegangen, und die ganze Crescent-Bucht lag unter weißem Seenebel versteckt. Die großen, mit Buschwald überzogenen Hügel dahinter waren ganz in Nebel gehüllt. Man konnte nicht erkennen, wo sie aufhörten und wo die Koppeln und Bungalows begannen. Die sandige Straße war verschwunden, und auch die Koppeln und Bungalows auf der andern Seite, und hinter ihnen waren keine weißen, mit rötlichem Gras bedeckten Dünen: nichts war da, was hätte anzeigen können, wo der Strand und wo das Meer war. Starker Tau war gefallen. Das Gras war bläulich. Große Tautropfen hingen an den Büschen und zauderten zitternd; das silbrige, flaumige Wollgras hob sich schlaff auf seinen langen Stielen, und alle Ringelblumen und Nelken in den Bungalowgärten wurden von der Nässe zur Erde gebeugt. Tropfnaß waren die kalten Fuchsien, runde Tauperlen lagen auf den flachen Kapuzinerblättern. Es sah aus, als hätte das Meer in der Dunkelheit lautlos angegriffen und als wäre eine riesige Woge herangerollt – wie weit wohl? Wenn man mitten in der Nacht aufgewacht wäre, hätte man vielleicht einen großen Fisch sehen können, wie er zum Fenster herein- und wieder hinausschnellte …

Ah – ah! klang es von der schläfrigen See her. Und aus dem Buschwald drang das Gerieſel kleiner Bäche, die rasch und leichtfüßig zwischen glatten Steinen hindurchschlüpften und sich in farnbewachsene Wasserlöcher stürzten, hinein und wieder hinaus; von großen Blättern klatschten dicke Tropfen nieder, und etwas anderes – was war es nur? – regte sich

leise und zitterte, ein Zweig knackste, und dann eine solche Stille, als ob
einer lausche.

Um die Ecke der Crescent-Bucht, zwischen aufgetürmten Felsbrocken,
kam eine Schafherde angetrippelt. Sie drängten sich dicht aneinander,
eine kleine, hüpfende Wollfläche, und ihre dünnen, steckendürren Bein-
chen trabten so rasch weiter, als hätten die Kälte und die Stille sie er-
schreckt. Hinter ihnen lief ein alter Schäferhund einher, die feuchten
Pfoten sandig, die Nase am Boden, aber sorglos, als dächte er an etwas
anderes. Und dann erschien in dem felsigen Durchlaß der Schäfer selber.
Er war ein hagerer, aufrechter alter Mann in einem Friesrock, der mit
einem Gespinst winziger Tropfen bedeckt war, in einer unter den Knien
zugebundenen Samthose und einem Schlapphut mit um die Krempe ge-
bundenem blauen Taschentuch. Die eine Hand hatte er in den Gürtel ge-
steckt, die andre packte einen wunderbar glatten gelben Stock. Und während er so einherschritt und sich Zeit ließ, pfiff er leicht und leise vor
sich hin, helle, ferne Flötentöne, die traurig und zärtlich klangen. Der alte
Hund machte rein gewohnheitsmäßig ein paar Freudensprünge, gab
es dann aber, beschämt wegen seines Leichtsinns, unvermittelt auf und
machte an der Seite seines Herrn einige würdevolle Schritte. Die Schafe
unternahmen kleine, trippelnde Vorstöße; sie begannen zu blöken, und
gespenstige Herden und Hirten antworteten ihnen aus dem Meer.
»Bäh! Bäääh!« Eine Zeitlang schienen sie stets auf dem gleichen Stück
Land zu sein; vor ihnen dehnte sich die sandige Straße mit seichten Pfützen; zu beiden Seiten tropfnasse Büsche und schattenhafte Zäune. Dann
kam ein Ungeheuer in Sicht: ein struppiger Riese streckte die Arme aus.
Es war der hohe Eukalyptusbaum vor Mrs. Stubbs Laden, und ein starker

Eukalyptusduft schlug ihnen entgegen, als sie daran vorüberzogen. Und jetzt glommen dicke Lichtflecke im Nebel. Der Schäfer hörte auf zu pfeifen; er rieb sich die rote Nase und den nassen Bart an seinem feuchten Ärmel ab, kniff die Augen zusammen und blickte dorthin, wo das Meer sein mußte. Die Sonne ging auf. Es war erstaunlich, wie rasch der Nebel sich lichtete, fortstob, sich über der flachen Mulde auflöste, vom Buschwald fortrollte und verschwunden war, als müsse er eiligst entfliehen; große Nebellocken und Knäuel stießen und bedrängten einander, je mehr sich die Silberbahnen verbreiterten. Der ferne Himmel – ein helles, reines Blau – spiegelte sich in den Pfützen, und die Tropfen, die an den Telegraphendrähten entlangschwammen, blitzten wie lauter Lichtpunkte auf. Die hüpfende, glitzernde See war jetzt so grell, daß einem die Augen beim Hinschauen weh taten. Der Schäfer holte aus der Brusttasche eine Pfeife, deren Kopf so klein wie eine Eichel war, tastete nach der Tabakrolle, schabte ein paar Schnipsel ab und stopfte sie in den Pfeifenkopf. Er war ein ernster, stattlicher alter Mann. Als er die Pfeife anzündete und der blaue Rauch sich um seinen Kopf kräuselte, blickte der Hund, der ihn beobachtete, stolz zu ihm auf.

»Bäh! Bäääh!« Die Schafe fächerten auseinander. Sie hatten gerade die Sommerkolonie hinter sich, bevor der erste Schläfer sich umdrehte und den schlaftrunkenen Kopf hob. Das Blöken zog durch die Träume der kleinen Kinder . . . die ihre Arme hoben, um die süßen, wolligen Schlaflämmchen zu umarmen und zu herzen. Dann tauchte der erste Einwohner auf: es war Burnells Katze Florrie, die sich – wie immer viel zu früh – auf den Pfosten des Gartentors setzte und nach dem Milchmädchen Ausschau hielt. Als sie den alten Schäferhund sah, sprang sie rasch hoch, machte einen Buckel, zog den getigerten Kopf ein und schien sich hochmütig zu schütteln. »Puh! Was für ein vulgärer, widerlicher Kerl!« sagte Florrie. Doch der alte Schäferhund blickte nicht auf, sondern zottelte, mit den Beinen nach beiden Seiten schlenkernd, vorbei. Nur das eine Ohr zuckte, um zu beweisen, daß er sie sah und für ein albernes junges Weibsbild hielt.

Im Buschwald erhob sich der Morgenwind, und der Geruch von Blättern und feuchter schwarzer Erde mischte sich mit dem herben Geruch des Meeres. Myriaden von Vögeln sangen. Ein Distelfink flog über den Kopf des Schäfers, setzte sich auf die äußerste Spitze eines Zweigs, kehrte sich der Sonne zu und plusterte seine kleinen Brustfedern auf. Jetzt waren die Schafe an der Hütte des Fischers und an der rußigen kleinen Maori-Hütte vorbeigezogen, in der Leila, das Milchmädchen, mit ihrer Großmutter wohnte. Sie zerstreuten sich über einen gelben Sumpf, und Wag, der Schäferhund, patschte ihnen nach, trieb sie zusammen und drängte sie gegen den steileren, engeren Felsenpaß, der aus der Crescent-Bucht hinaus und zur Daylight-Bucht führte. »Bäh! Bäääh!« drang das Blöken nur noch schwach herüber, als sie auf der schnell trocknenden Straße weiterschlingerten. Der Schäfer steckte seine Pfeife weg und ließ sie so in die Brusttasche gleiten, daß der kleine Kopf überhing. Und schnurstracks begann wieder das leise, leichte Pfeifen. Wag rannte auf einem Felsenband hinter etwas Riechendem her und kehrte angewidert um. Dann stießen, drängelten und schoben sich die Schafe um die Biegung, und der Schäfer folgte ihnen, bis auch er außer Sicht war.

II.

Ein paar Minuten später öffnete sich die Hoftür des einen Bungalows, und eine Gestalt in einem breitgestreiften Badeanzug flog die Koppel hinunter, setzte über den Zauntritt, sauste durch das Bültgras in die Mulde hinein, stolperte die sandige Kuppe hinauf und raste wie ums liebe Leben über die großen, porösen Steine und über die kalten, nassen Kiesel bis auf den festen Sand, der wie Öl glänzte. Plitsch-platsch! Plitsch-platsch! Das Wasser quirlte um Stanley Burnells Beine, als er triumphierend hinauswatete. Der erste im Wasser, wie gewöhnlich! Er hatte sie wieder alle geschlagen. Und er duckte sich, um Kopf und Schultern naß zu spritzen.

»Sei mir gegrüßt, Bruder! Heil dir, du Mächtiger!« Eine samtene Baßstimme dröhnte über das Wasser.

Verflixt und zugenäht! Hol ihn der Teufel! Stanley hob sich etwas an und sah weit draußen einen hüpfenden dunklen Kopf und einen erhobenen Arm. Es war Jonathan Trout – und schon vor ihm da! »Herrlicher Morgen!« sang die Stimme. »Ja, sehr schön«, erwiderte Stanley kurz. Warum, zum Teufel, hielt sich der Bursche nicht an sein Stück Ufer? Warum mußte er sich ausgerechnet hierherdrängeln? Stanley stieß sich ab, holte weit aus und kraulte drauflos. Aber Jonathan war ihm gewachsen. Er tauchte auf, das schwarze Haar glatt und naß auf der Stirn, der kurze Bart triefend.

»Mir hat heut nacht was ganz Erstaunliches geträumt!« rief er.

Was war nur los mit dem Mann? Diese Sucht, sich zu unterhalten, ärgerte Stanley maßlos. Und immer war es dasselbe – immer irgendein Unsinn über einen Traum, den er gehabt hatte, oder über einen verrückten Einfall, von dem er gehört hatte, oder einen Blödsinn, den er gelesen hatte. Stanley drehte sich auf den Rücken und strampelte mit den Beinen, bis er ein lebendiger Wasserspeier war. Aber auch dann noch . . . »Mir hat geträumt, daß ich in einer schrecklich hohen Steilwand hing und zu jemand hinunterschrie!« Sieht dir ähnlich, dachte Stanley. Mehr von der Sorte konnte er nicht ertragen. Er hörte auf zu planschen. »Hör mal, Trout«, sagte er, »ich muß mich heute sehr beeilen.«

»*Was* mußt du?« Jonathan war so erstaunt – oder tat jedenfalls erstaunt –, daß er untersank und prustend wieder auftauchte.

»Ich wollte bloß sagen«, erwiderte Stanley, »daß ich keine Zeit habe, lange – herumzutrödeln. Ich will's hinter mich bringen. Bin in Eile. Muß heute morgen arbeiten, verstehst du?«

Jonathan war weg, bevor Stanley seinen Satz beendet hatte. »Passiert, Freund!« sagte die Baßstimme sanft, und er glitt durchs Wasser davon, fast ohne es aufzurühren . . . Aber ein verdammter Bursche war er doch! Er hatte Stanley sein morgendliches Bad verdorben. Was für ein lästiger Idiot der Mensch war! Stanley holte wieder aus, schwamm weit hinaus und ebenso schnell zurück, und dann eilte er den Strand hinauf. Er fühlte sich betrogen.

Jonathan blieb etwas länger im Wasser. Er lag auf dem Rücken, bewegte nur sachte die Hände wie Flossen und ließ seinen langen, hageren Körper vom Meer wiegen. Es war merkwürdig, denn trotz alledem konnte er Stanley Burnell gut leiden. Allerdings hatte er manchmal den teuflischsten Spaß daran, Stanley zu hänseln oder ihn hochzunehmen, aber im Grunde tat er ihm leid. Es lag etwas Rührendes in dem Drang, aus all und jedem eine Rekordleistung zu machen. Man konnte das Gefühl nicht loswerden, daß er eines Tages dabei versagen müsse – und wie belämmert stünde er dann da! Eine ungeheure Welle hob Jonathan auf, überholte ihn und überschlug sich, fröhlich rauschend, am Ufer. Was für eine prächtige das gewesen war! Und jetzt kam noch eine! Ja, so sollte man leben – sorglos, leichtsinnig, sich selbst überlassen! Er tastete nach dem Grund, watete aufs Ufer zu und drückte die Zehen in den festen, welligen Sand. Die Dinge leichtnehmen, nicht gegen Ebbe und Flut des Lebens ankämpfen, sondern nachgeben – das war's, was not tat! Das ständige Angespanntsein war ganz verkehrt. Leben – leben! Und der herrliche Morgen, der sich so jung und schön im ersten Licht badete, als freue er sich an seiner eigenen Pracht, schien zu flüstern: »Warum denn nicht?«

Doch jetzt, wo Jonathan aus dem Wasser heraus war, wurde er blau vor Kälte. Alles schmerzte – als ob ihm jemand das Blut aus den Adern wringen wollte! Und während er zitternd, mit verkrampften Muskeln, den Strand hinaufstelzte, fand auch er, daß ihm sein Bad verdorben war. Er war zu lange im Wasser geblieben.

III.

Beryl war allein im Wohnzimmer, als Stanley in einem blauen Serge-anzug, mit steifem Kragen und getupfter Krawatte, erschien. Er sah fast unheimlich sauber und gepflegt aus: er wollte den ganzen Tag in der Stadt bleiben. Als er sich auf seinen Stuhl fallen ließ, holte er seine Uhr hervor und legte sie neben den Teller.

»Ich habe genau fünfundzwanzig Minuten«, sagte er. »Könntest du bitte nachsehen, ob der Porridge fertig ist, Beryl?«

»Mutter holt ihn gerade«, sagte Beryl. Sie setzte sich an den Tisch und schenkte ihm Tee ein.

»Danke« – Stanley nahm einen Schluck. »Oh . . .«, rief er. »Du hast ja den Zucker vergessen!«

»Ach, verzeih!«

Aber auch jetzt bediente Beryl ihn nicht, sondern schob ihm nur die Zuk-kerdose zu. Was sollte denn das bedeuten? Während Stanley zugriff, zog er die Brauen in die Höhe und riß die blauen Augen auf. Er warf seiner Schwägerin einen raschen Blick zu und lehnte sich zurück.

»Ist was schiefgegangen?« fragte er gleichmütig und betastete seinen Kragen.

Beryl hatte den Kopf gesenkt; sie drehte den Teller zwischen den Fingern herum.

»Nichts«, sagte sie leichthin. Dann blickte sie auf und lächelte Stanley an. »Wieso denn?«

»Ach – bloß so. Ich dachte nur, daß du ziemlich . . .«

In diesem Augenblick ging die Tür auf, und drei kleine Mädchen erschienen; jede trug einen Teller Porridge. Sie waren gleich gekleidet und hatten blaue Pullis und Pumphosen an; die braunen Beine waren nackt, und jede hatte das Haar geflochten und zu einem Pferdeschwanz aufgesteckt, wie sie das nannten. Hinter ihnen kam Mrs. Fairfield mit dem Tablett an.

»Vorsichtig, Kinder!« mahnte sie. Aber sie nahmen sich mächtig in acht. Sie liebten es, daß man ihnen erlaubte, etwas zu tragen. »Habt ihr Vater guten Morgen gewünscht?«

»Ja, Oma.« Sie setzten sich auf die Bank gegenüber von Stanley und Beryl.

»Guten Morgen, Stanley!« Die alte Mrs. Fairfield stellte ihm seinen Teller mit Porridge hin.

»Morgen, Mutter! Was macht der Junge?«

»Dem geht's gut! Heute nacht ist er nur einmal aufgewacht. Was für ein herrlicher Morgen!« Die alte Frau, die ihre Hand auf den Brotlaib gelegt hatte, unterbrach sich, um durch die offene Tür in den Garten zu blicken. Das Meer rauschte. Durch das weit offene Fenster flutete die Sonne auf die gelb gefirnißten Wände und die Dielen. Alles auf dem Tisch funkelte und glitzerte. In der Mitte stand eine alte Salatschüssel mit gelber und roter Kapuzinerkresse.

Sie lächelte, und innige Zufriedenheit leuchtete aus ihren Blicken.

»Bitte schneide mir doch jetzt eine Scheibe Brot ab, Mutter!« sagte Stanley. »Mir bleiben nur noch zwölfeinhalb Minuten, bis die Postkutsche kommt! Hat jemand dem Mädchen meine Schuhe zum Putzen gegeben?«

»Ja, sie stehen da!« Mrs. Fairfield ließ sich nicht aus der Ruhe bringen.

»Oh, Kezia! Warum bist du nur so ein Schmierfink?« rief Beryl verzweifelt.

»Ich, Tante Beryl?« Kezia schaute sie verwundert an. Was hatte sie jetzt wieder angestellt? Sie hatte doch bloß eine Kuhle in ihrem Porridge gemacht und mit Milch gefüllt, und jetzt aß sie vom Rand her. Aber das tat sie jeden Morgen, und noch nie hatte jemand deswegen ein Wort gesagt.

»Warum kannst du nicht manierlich essen – wie Isabel und Lottie?« Wie ungerecht die Erwachsenen waren!

»Aber Lottie macht immer eine schwimmende Insel, nicht wahr, Lottie?«

»Ich nicht«, sagte Isabel selbstgefällig. »Ich streue nur Zucker drauf und gieße Milch drüber und esse. Bloß Babies spielen mit ihrem Essen rum!« Stanley stieß seinen Stuhl zurück und stand auf.

»Könntest du mir bitte die Schuhe holen, Mutter? Und Beryl, wenn du fertig bist, tu mir den Gefallen, lauf ans Gartentor und halte die Postkutsche an! Spring zu deiner Mutter, Isabel, und frage sie, wo mein Hut hingeraten ist! Warte mal – habt ihr Kinder mit meinem Stock gespielt?«

»Nein, Vater!«

»Ich hatte ihn aber hierhergestellt!« polterte Stanley los. »Ich weiß genau, daß ich ihn hier in diese Ecke gestellt habe! Wer hat ihn also gehabt? Ich habe keine Zeit zu verlieren! Seht euch um! Der Stock muß sich doch finden!«

Selbst Alice, das Mädchen, mußte bei der Hetzjagd mitmachen. »Sie haben ihn hoffentlich nicht benutzt, um im Herd zu stochern?«

Stanley stürmte ins Schlafzimmer, wo Linda im Bett lag. »Ganz erstaunlich! Nichts, was mir gehört, bleibt an Ort und Stelle. Jetzt haben sie mir meinen Stock verkramt!«

»Deinen Stock, Liebster? Was für einen Stock?« Lindas Unsicherheit in solchen Fällen konnte nicht echt sein, meinte Stanley. Niemand erbarmte sich seiner!

»Die Post ist da! Die Post ist da, Stanley!« rief Beryl vom Gartentor her. Stanley winkte Linda nur zu. »Keine Zeit, mich zu verabschieden!« schrie er. Es war als Strafe für sie gedacht.

Er riß seine Melone an sich, stürzte aus dem Haus und flog den Gartenweg hinab. Ja, die Postkutsche wartete schon, und Beryl lehnte sich über das offene Tor und lachte mit jemand, als sei nichts geschehen! Wie herzlos die Frauen waren! Sie hielten es für selbstverständlich, daß es die Aufgabe des Mannes war, sich abzurackern, während sie sich nicht mal die Mühe machten und darauf achteten, daß sein Stock nicht verschwand! Kelly ließ die Peitschenschnur über den Pferderücken spielen.

»Leb wohl, Stanley!« rief Beryl liebreich und fröhlich. Leicht genug, Lebwohl zu sagen! Da stand sie, untätig, und legte die Hand über die Augen. Das Schlimmste daran war, daß Stanley auch Lebwohl rufen mußte, um den Schein zu wahren. Dann sah er, wie sie sich umdrehte und fröhlich hüpfte und ins Haus zurücklief. Sie war froh, ihn losgeworden zu sein!

Ja, sie war noch so froh. Sie lief ins Wohnzimmer und rief: »Jetzt ist er weg!« Und Linda rief aus ihrem Zimmer: »Beryl? Ist Stanley weg?« Die alte Mrs. Fairfield erschien, auf dem Arm den kleinen Jungen in seinem Flanelljäckchen.

»Ist er weg?«

»Ja, er ist weg!«

Oh, was für eine Erleichterung! Was für ein Unterschied, den Mann aus dem Haus zu haben! Ihre Stimmen wurden anders, wenn sie miteinander sprachen, sie klangen warm und liebevoll und als hätten sie ein gemeinsames Geheimnis. Beryl trat an den Tisch. »Nimm noch eine Tasse Tee, Mutter! Er ist noch heiß!« Irgendwie mußte die Tatsache gefeiert werden, daß sie jetzt tun konnten, was sie wollten. Kein Mann war da, der sie störte – der ganze herrliche Tag gehörte ihnen allein.

»Nein, danke, Kind«, sagte die alte Mrs. Fairfield, doch die Art, wie sie jetzt den Jungen hochfliegen ließ und ›hopsasasa!‹ rief, ließ erkennen, daß sie ebenso empfand. Die kleinen Mädchen liefen wie aus dem Verschlag herausgelassene Hühner auf die Koppel.

Sogar Alice, das Mädchen, in der Küche mit dem Abwaschen beschäftigt, ließ sich von der Stimmung anstecken und ging mit dem kostbaren Tankwasser auf geradezu verschwenderische Art um.

»Oh, diese Männer!« sagte sie, tauchte die Teekanne ins Spülbecken und hielt sie noch immer unter Wasser, auch nachdem sie längst zu blubbern aufgehört hatte – gerade als wäre sie ein Mann, und Ertränken wäre noch zu gut für ihn.

IV.

»Warte auf mich, Isabel! Kezia, warte doch!«

Die arme kleine Lottie war wieder einmal zurückgeblieben, weil sie es immer so furchtbar schwierig fand, allein über den Zauntritt zu steigen. Als sie auf der obersten Sprosse stand, begannen ihre Knie zu wackeln, und sie hielt sich am Pfosten. Jetzt sollte sie ein Bein hinüberschwingen – aber welches Bein? Das konnte sie nie entscheiden. Und wenn sie endlich mit verzweifeltem Aufstampfen ein Bein drübergesetzt hatte, war das Gefühl einfach gräßlich. Halb war sie noch auf der Koppel, und halb war sie schon im Bültgras. Sie klammerte sich angstvoll an den Pfosten und rief laut: »Wartet auf mich!«

»Nein, du mußt nicht auf sie warten, Kezia!« bestimmte Isabel. »Sie ist so dumm! Immer stellt sie sich so an! Komm jetzt!« Und sie zog Kezia am Pulli. »Du darfst meinen Eimer nehmen, wenn du mitkommst!« sagte sie freundlich. »Er ist größer als deiner!« Aber Kezia konnte Lottie nicht ganz allein lassen. Sie rannte zu ihr zurück. Lottie war unterdessen sehr rot im Gesicht geworden und schnaufte laut.

»Komm, hol den andern Fuß rüber!« sagte Kezia.

»Aber wohin?« Lottie blickte wie von einem Berggipfel auf Kezia nieder.

»Hierhin, wo meine Hand ist!« Kezia klopfte auf die Stelle. »Ach so – *dahin* meinst du!« Lottie schöpfte tief Atem und holte auch den andern Fuß hinüber.

»Jetzt dreh dich ein bißchen und setz dich hin und rutsche!« sagte Kezia.

»Aber es ist gar nichts zum Hinsetzen da!« jammerte Lottie. Schließlich brachte sie es doch fertig, und sobald sie drüben war, schüttelte sie sich zurecht und strahlte.

»Ich kann schon viel besser übern Zauntritt klettern, nicht wahr, Kezia?« Lottie war von hoffnungsfroher Gemütsart.

Die rosa und die blaue Sonnenhaube folgten Isabels roter Haube, die rutschende, lose Sanddüne hinauf. Oben blieben sie stehen, überlegten, wohin sie gehen wollten, und schauten genau hin, wer schon alles da war. Wenn man sie von hinten sah, wie sie sich gegen den Himmel abhoben und mit ihren Spaten herumzeigten, glichen sie winzigen, ratlosen Forschungsreisenden.

Die ganze Samuel-Josephs-Brut war schon mitsamt der ›Stütze‹ da, die auf einem Feldstuhl saß und mittels eines um den Hals gebundenen Pfeifchens und eines Stocks zum Leiten der Spiele auf Ordnung achtete. Die Samuel-Josephs-Kinder spielten nie ohne Anweisung und dachten sich nie eigene Spiele aus. Taten sie es doch einmal, dann endete es damit, daß die Jungen den Mädchen Wasser in den Nacken schütteten und daß die Mädchen versuchten, den Jungen kleine schwarze Krabben in die Taschen zu stecken. Deshalb entwarfen Mrs. Josephs und die arme Stütze jeden Morgen ein Programm, wie sie es nannten, um sie zu beschäftigen und von Unfug abzuhalten. Meistens war es ein Wettbewerb oder Wettrennen oder ein gemeinsames ›Spiel‹. Alle begannen mit einem durchdringenden Pfiff der Stütze und endeten auch so. Es gab sogar Preise – große, ziemlich schmuddelige Päckchen, welche die Stütze mit säuerlichem Lächeln aus einer prallen Netztasche holte. Die Samuel-Josephs-Kinder kämpften schrecklich um die Preise und mogelten und kniffen einander in den Arm – aufs Kneifen verstanden sie sich besonders gut.

Das eine Mal, als die Burnell-Kinder mit ihnen spielten, hatte Kezia einen Preis bekommen, und als sie drei kleine Papierfetzen abgewickelt hatte, lag innen drin ein sehr kleiner verrosteter Schuhknöpfer. Sie begriff nicht, wie man sich deshalb so anstellen konnte . . .

Doch jetzt spielten sie nie mehr mit den Samuel-Josephs-Kindern und gingen auch nicht zu ihren Einladungen. Die Samuel-Josephs gaben immer Kindergesellschaften an der Bucht, und immer gab es die gleichen Sachen zu essen: ein großes Waschbecken mit sehr braunem Obstsalat, in Viertel geschnittene Rosinenbrötchen und einen Waschkrug voll eines Getränks, das die Stütze ›Limonädchen‹ nannte. Und wenn man abends heimging, war die halbe Rüsche vom Kleid abgerissen oder irgendwas hatte sich über die schöne Stickereischürze ergossen, während die Samuel-Josephs wie die Wilden auf ihrem Rasen herumtanzten. Nein, sie waren zu scheußlich!

Am andern Ende des Strandes und nah beim Wasser huschten zwei kleine Jungen mit hochgekrempelten Hosen wie Spinnen hin und her. Der eine grub, und der andre trabte zum Wasser und wieder hinaus, jedesmal seinen kleinen Eimer füllend. Das waren die Trout-Jungen Pip und Rags. Aber Pip grub so eifrig, und Rags half ihm so eifrig, daß sie ihre kleinen Kusinen erst sahen, als sie ganz nah vor ihnen standen.

»Da schaut mal!« sagte Pip. »Schaut mal, was ich entdeckt habe!« Und er zeigte ihnen einen alten, nassen, eingedellten Stiefel. Die drei kleinen Mädchen staunten.

»Aber was wollt ihr denn damit machen?« fragte Kezia.

»Ihn behalten, natürlich!« Pip war sehr herablassend. »Es ist Strandgut, versteht ihr?«

Ja, das sah Kezia ein. Trotzdem . . .

»Im Sand sind eine Unmenge Sachen vergraben«, erklärte Pip. »Von Wracks angeschwemmt. Kostbare Sachen. Man könnte sogar . . .«

»Aber warum muß Rags dauernd Wasser reingießen?« fragte Lottie.

»Oh, zum Feuchthalten«, sagte Pip. »Damit sich's besser verarbeiten läßt. Mach weiter, Rags!«

Und der brave kleine Rags lief hin und her und goß Wasser hinein, das so braun wie Kakao wurde.

»He, soll ich euch mal zeigen, was ich gestern gefunden habe?« fragte Pip mit geheimnisvoller Miene und steckte seinen Spaten in den Sand. »Ihr müßt aber versprechen, es nicht weiterzusagen!«

Sie versprachen es.

»Sagt: Hand aufs Herz, so wahr ich lebe!«

Die kleinen Mädchen sprachen es ihm nach.

Pip holte etwas aus seiner Tasche, polierte es lange Zeit auf seinem Pulli, hauchte drauf und rieb weiter.

»Jetzt könnt ihr euch umdrehen!« befahl er.

Sie drehten sich um.

»Schaut alle in die gleiche Richtung! Steht still! Jetzt!«

Er öffnete die Hand und hielt etwas ans Licht. Es blitzte, es funkelte, es war wunderschön grün.

»Ein Smarack!« sagte Pip feierlich.

»Wirklich, Pip?« Sogar Isabel staunte.

Das schöne grüne Ding schien in Pips Fingern zu tanzen. Tante Beryl hatte einen ›Smarack-Ring‹, aber ihr Stein war bloß sehr klein. Der hier war so groß wie ein Stern und viel, viel schöner.

V.

Im Laufe des Vormittags tauchten ganze Gruppen über den Sanddünen auf und zogen zum Strand hinunter, um zu baden. Es war ein stillschweigendes Übereinkommen, daß die Frauen und Kinder der Sommerkolonie ab elf Uhr den Strand für sich hatten. Zuerst zogen sich die Frauen aus, stiegen in ihre Badekleider und steckten die Köpfe in häßliche Kappen, die wie Schwammbeutel aussahen; dann wurden die Kinder ausgepellt. Über den ganzen Strand verstreut lagen Häufchen von Kleidern und Schuhen; die großen Sommerhüte, die mit Steinen beschwert waren, damit sie nicht wegflogen, glichen riesigen Muscheln. Es war seltsam, daß die See ganz anders zu rauschen schien, wenn all die hüpfenden, lachenden Menschen in die Wellen hineinliefen. Die alte Mrs. Fairfield – in einem lila Baumwollkleid und einem schwarzen, unter dem Kinn festgebundenen Hut – versammelte ihre Küchlein um sich und machte sie badefertig. Die kleinen Trout-Jungen zogen sich mit Wuppdich die Hemden über den Kopf, und schon sausten die fünf los, während ihre Großmutter die Hand schon halb im Strickbeutel hatte, um das Wollknäuel herauszuholen, sobald sie überzeugt war, daß alle fünf im Wasser waren.

Die stämmigen kleinen Mädchen waren nicht halb so tapfer wie die mageren, zart aussehenden kleinen Jungen. Pip und Rags zauderten keine Minute: fröstelnd hockten sie sich hin und klatschten aufs Wasser. Isabel, die zwölf Stöße, und Kezia, die beinah acht Stöße schwimmen konnten, folgten ihnen erst nach feierlichem Versprechen, daß sie nicht bespritzt würden. Lottie kam überhaupt nicht mit. Sie wollte sich gern auf ihre eigene Art im Wasser vergnügen, bitte! Und diese Art bestand darin, daß sie sich nah ans Wasser setzte, die Beine ausstreckte, die Knie aneinander, und mit den Armen unbestimmte Bewegungen machte, als erwarte sie, ins Meer hinausgeschwemmt zu werden. Kam aber mal eine größere Welle als die gewöhnlichen, eine Art Riesenschlange, auf sie zugerollt, dann krabbelte sie mit entsetztem Gesicht auf die Füße und floh wieder auf den Strand hinauf.

»Mutter, könntest du mir die hier gut aufheben?«

Zwei Ringe und eine feine Goldkette fielen Mrs. Fairfield in den Schoß.

»Ja, Kind. Aber badest du denn nicht von hier aus?«

»N – nein«, antwortete Beryl. Es klang unsicher. »Ich zieh' mich weiter drüben aus. Ich will mit Mrs. Harry Kember baden.«

»Also gut!« Aber Mrs. Fairfield bekam ihren schmalen Mund. Sie hielt nichts von Mrs. Harry Kember. Beryl wußte es.

Die arme alte Mutter, dachte sie lächelnd, als sie über die Steine hüpfte. Die arme alte Mutter! Alt war sie! Oh, was für eine Wonne, was für ein Glück war es, jung zu sein . . .!

»Sie sehen ja so vergnügt aus? sagte Mrs. Harry Kember. Sie kauerte auf den Steinen, hatte die Arme um die Knie gelegt und rauchte.

»Es ist so ein herrlicher Tag!« antwortete Beryl und sah lächelnd auf sie herunter.

»Was Sie nicht sagen!« Mrs. Harry Kembers Stimme klang so, als wüßte sie mehr als nur das. Doch eigentlich klang ihre Stimme immer so, als wüßte sie mehr über einen als man selbst. Sie war eine lange, seltsam wirkende Frau mit schmalen Händen und Füßen. Auch ihr Gesicht war lang und schmal und sah verlebt aus; sogar ihre blonde, krause Ponyfranse wirkte versengt und welk. Sie war die einzige Frau an der Bucht, die rauchte, und sie rauchte unaufhörlich und behielt beim Sprechen die Zigarette im Mund; sie nahm sie nur heraus, wenn die Asche so lang war, daß man nicht verstand, weshalb sie nicht längst heruntergefallen war. Wenn sie nicht Bridge spielte – und sie spielte es Tag für Tag –, dann brachte sie ihre Zeit damit zu, in der prallen Sonne zu liegen. Sie konnte unglaublich viel Sonne vertragen und bekam nie genug. Trotzdem schien sie nie richtig warm zu werden. Ausgedörrt und kalt und welk lag sie wie ein angeschwemmtes Stück Treibholz auf den Steinen. Die Frauen in der Bucht hielten sie für allzu frei. Ihr Mangel an Eitelkeit, ihre ungepflegte Redeweise, die Art, wie sie mit Männern verkehrte, als wäre sie selbst ein Mann, und die Tatsache, daß sie sich nicht die Bohne um ihren Haushalt kümmerte und ihr Dienstmädchen ›Engel‹ nannte, waren unerhört! Wenn sie zum Beispiel auf der Verandatreppe stand, konnte sie mit ihrer gleichgültigen, müden Stimme dem Mädchen zurufen: »Sie könnten mir ein Taschentuch ranschleppen, Engel, falls ich noch eins habe, ja?« Und Engel, im Haar eine rote Schleife statt des weißen Häubchens und in weißen Schuhen, kam unverschämt grinsend angerannt. Es war geradezu ein Skandal! Allerdings hatte sie keine Kinder, und ihr Mann . . . Hier wurden die Stimmen jedesmal lauter; sie klangen aufgebracht. Wie konnte er sie nur heiraten? Wie konnte er nur? Sicher war es wegen Geld gewesen, aber selbst dann . . .

Mrs. Kembers Mann war mindestens zehn Jahre jünger als sie und so unglaublich hübsch, daß er eher wie eine Skulptur oder wie ein ganz edles Bild in einem amerikanischen Roman aussah statt wie ein gewöhnlicher Mann: schwarze Haare, dunkelblaue Augen, rote Lippen, ein träges, lässiges Lächeln, ein guter Tennisspieler, ein ausgezeichneter Tänzer – und bei alledem so geheimnisvoll! Harry Kember war wie ein Schlafwandler. Die Männer konnten ihn nicht ausstehen, es war kein vernünftiges Wort aus dem Burschen herauszubringen. Und um seine Frau kümmerte er sich ebensowenig wie sie sich um ihn. Was für ein Leben mochte er führen? Natürlich munkelte man Geschichten über ihn, und was für welche! Unmöglich, sie weiterzuerzählen! Mit was für Frauen man ihn beobachtet hatte, in was für Lokalen man ihn gesehen hatte . . . Aber es war nie ganz sicher, nie eindeutig. Manche Frauen in der Bucht glaubten im stillen, er könne eines Tages einen Mord begehen. Ja, sogar wenn sie mit Mrs. Kember sprachen und das häßliche Sammelsurium musterten, in das sie sich gekleidet hatte, sahen sie sie lang hingestreckt am Strand liegen – aber kalt, blutig, und immer noch mit einer Zigarette im Mundwinkel.

Mrs. Kember stand auf, gähnte, öffnete ihre Gürtelschnalle und zog an der Schleife ihrer Bluse. Und Beryl stieg aus ihrem Rock, legte den Pulli ab und stand im kurzen weißen Unterrock da – in einem Hemd, das Schleifchen auf den Schultern hatte.

»Liebe Güte«, rief Mrs. Harry Kember, »was für eine kleine Schönheit Sie sind!«

»Ach wo!« sagte Beryl leise, doch als sie erst den einen und dann den anderen Strumpf auszog, fühlte sie sich als kleine Schönheit.

»Wieso denn nicht, mein gutes Kind?« sagte Mrs. Harry Kember und trat auf ihrem Unterrock herum. Nein, was für Wäsche sie trug! Eine blaue baumwollene Hose und eine Untertaille aus Leinen, die irgendwie an einen Kissenbezug erinnerte . . . »Du trägst wohl kein Korsett, was?« Sie befühlte Beryls Hüften, und Beryl sprang mit einem zimperlichen kleinen Schrei beiseite. »Niemals!« sagte sie dann stolz. »Glückliches Geschöpf!« sagte Mrs. Kember und hakte ihr eigenes Korsett auf.

Beryl drehte ihr den Rücken zu und begann mit den komplizierten Verrenkungen eines Menschen, der gleichzeitig die Unterwäsche abstreifen und den Badeanzug anziehen will.

»Aber gutes Kind, kümmere dich doch nicht um mich!« sagte Mrs. Harry Kember. »Sei nicht so scheu! Ich will dich ja nicht fressen! Ich bin nicht gleich schockiert wie die alten Tanten drüben!« Und sie stimmte ihr sonderbar wieherndes Gelächter an und schnitt den andern Frauen eine Fratze.

Aber Beryl war scheu. Sie hatte sich noch nie vor jemand nackt ausgezogen. War das albern? Mrs. Harry Kember schien es albern, ja sogar beschämend zu finden. Ja wirklich, warum scheu sein? Sie blickte rasch auf ihre Freundin, die so keck in ihrem zerrissenen Hemd dastand und sich eine Zigarette anzündete – und ein rasches, keckes, schlimmes Gefühl regte sich in ihr. Leichtsinnig lachend stieg sie in den schlaffen, sich sandig anfühlenden Badeanzug, der noch nicht ganz trocken war, und schloß die übersponnenen Knöpfe.

»Na, siehst du wohl!« sagte Mrs. Harry Kember. Sie gingen gemeinsam zum Strand hinunter. »Eigentlich ist es eine Sünde, daß du überhaupt Kleider trägst, mein gutes Kind! Das wird dir mal jemand sagen müssen.«

Das Wasser war ganz warm. Es war von einem wundervoll durchsichtigen Blau, dem silberne Lichter aufgesetzt waren; doch der Sand auf dem Grund sah golden aus: stieß man mit dem Zeh dagegen, dann stieg ein Wölkchen Goldstaub auf. Die Wellen reichten ihr jetzt bis an die Brust.

Beryl stand mit ausgebreiteten Armen da und blickte ins Weite, und bei jeder kommenden Welle hüpfte sie ein ganz bißchen in die Höhe, so daß es aussah, als wäre es die Welle, die sie sachte hob.

»Ich bin dafür, daß hübsche Mädchen ihr Leben genießen«, sagte Mrs. Harry Kember. »Warum denn nicht? Laß dir nichts entgehen, mein Kind! Amüsiere dich!« Und plötzlich überschlug sie sich im Wasser, verschwand und schwamm schnell, so schnell wie eine Ratte, davon. Dann schnellte sie herum und begann zu Beryl zurückzuschwimmen. Sie wollte ihr noch etwas sagen. Beryl war zumute, als würde sie von der kalten Frau vergiftet, und doch sehnte sie sich danach, es zu hören. Aber wie seltsam, oh, wie grauenhaft! Als Mrs. Harry Kember nah herankam, sah sie in ihrer schwarzen Gummibadehaube und dem schläfrigen Gesicht, das nur mit dem Kinn übers Wasser ragte, genau wie eine grausige Karikatur ihres Mannes aus.

VI.

In einem Liegestuhl unter einem Manukabaum, der in der Mitte des vorderen Rasens wuchs, verträumte Linda Burnell den Vormittag. Sie tat gar nichts. Sie schaute hinauf zu den dunklen, dichten, trockenen Blättern des Manuka und zu den Ritzen Himmelblau dazwischen, und dann und wann fiel eine winzig kleine gelbliche Blüte auf sie nieder. Hübsch – gewiß; hielt man eine dieser Blüten in der Handfläche und betrachtete man sie aus der Nähe, dann war es ein kostbares Dingelchen. Jedes blaßgelbe Blütenblatt glänzte, als wäre es die sorgfältige Handarbeit einer liebevollen Hand. Die winzige Zunge in der Mitte verlieh ihm das Aussehen einer Glocke. Und wenn man es umdrehte, sah man das dunkle Bronzebraun der Außenseite. Aber sobald sie blühten, welkten sie und fielen und wurden verweht. Man wischte sie sich vom Kleid, während man mit jemandem sprach; die greulichen kleinen Dinger verfingen sich im Haar. Warum blühten sie überhaupt? Wer machte sich die Mühe – oder die Freude –, all diese Dinge zu erschaffen, die so vergeudet wurden – vergeudet . . . Es war unheimlich. Auf dem Rasen neben ihr, auf zwei Kissen, lag der kleine Junge. Er schlief fest, den Kopf von der Mutter abgewandt. Sein feines dunkles Haar glich eher einem Schatten als richtigen Haaren, doch das Ohr glühte wie dunkles Korallenrot. Linda verschränkte die Hände über dem Kopf und schlug die Füße übereinander. Wie erfreulich war der Gedanke, daß all die Bungalows leer waren, daß jedermann unten am Strand und weder zu sehen noch zu hören war! Sie hatte den Garten ganz für sich; sie war allein.

Blendend weiß leuchteten die Federnelken; die Ringelblumen funkelten golden; die Kapuzinerkresse wand grüne und goldene Flammen um die Verandapfosten. Wenn man nur Zeit hätte, diese Blumen lange genug anzuschauen, Zeit, um über das Gefühl von etwas Neuem, Unbekanntem hinwegzukommen, Zeit, sie zu kennen! Aber kaum hielt man einmal inne, um die Blütenblätter auseinanderzuschieben oder die Unterseite eines Blattes zu erforschen, schon kam das Leben, und man wurde weggerissen. Und wie sie so in ihrem Liegestuhl lag, fühlte Linda sich so leicht, so wie ein Blatt. Kam das Leben daher wie ein Wind, wurde sie gepackt und geschüttelt; sie mußten mit. O Himmel, würde es immer so sein? Gab es kein Entkommen?

... Sie saß auf der Veranda ihres Elternhauses in Tasmanien und lehnte des Kopf gegen ihres Vaters Knie. Und er versprach ihr: ›Sobald du und ich alt genug sind, Linny, machen wir uns auf den Weg, irgendwohin, und reißen aus! Zwei Jungen unterwegs! Ich glaube, am liebsten würde ich einen chinesischen Fluß stromauf segeln!‹ Linda sah den Fluß vor sich, sehr breit war er, bedeckt mit kleinen Sampans und Booten. Sie sah die gelben Strohhüte der Bootsleute und hörte ihre hohen, hellen Stimmen, wie sie einander zuriefen ...

›Ja, Papa!‹

Doch gerade da ging ein sehr breitschultriger junger Mann mit leuchtend roten Haaren langsam an ihrem Haus vorbei, und langsam, sogar feierlich zog er den Hut. Lindas Vater zupfte sie neckend am Ohr, wie es seine Art war.

›Linnys Verehrer!‹ flüsterte er.

›O Papa – was für eine Idee, mit Stanley Burnell verheiratet zu sein!‹

Und nun war sie mit ihm verheiratet. Und es kam noch hinzu, daß sie ihn liebte. Nicht den Stanley, den jedermann sah; nicht den alltäglichen Stanley – sondern einen schüchternen, sensiblen, unschuldigen Stanley, der jeden Abend niederkniete, um zu beten, der sich sehnte, gut zu sein. Stanley war ein einfacher Charakter. Wenn er an Menschen glaubte – wie er zum Beispiel an sie glaubte –, dann tat er es mit seinem ganzen Herzen. Er konnte nicht falsch sein; er konnte nicht lügen. Und wie schrecklich er litt, wenn er glaubte, daß jemand – sie – nicht ganz ehrlich, nicht ganz aufrichtig zu ihm war. ›Das ist mir zu spitzfindig!‹ Er warf die Worte nachlässig hin, aber sein offener, zitternder, verstörter Blick war wie der eines in die Falle gegangenen Tiers.

Das Schlimme war nur – und hier hätte Linda fast gelacht, obwohl es weiß Gott nicht zum Lachen war –, daß sie *ihren* Stanley so selten sah. Flüchtige Augenblicke, kurze Momente, Atemholen in Stille – das gab es wohl, aber die ganze übrige Zeit war es so, als lebte man in einem Haus, das unvermeidbar dauernd Feuer zu fangen drohte, oder auf einem Schiff, das jeden Tag Schiffbruch erlitt. Und immer war es Stanley, der sich im Mittelpunkt der Gefahr befand, und ihre ganze Zeit brachte sie damit zu, ihn zu retten und wiederherzustellen und zu beruhigen und seine Beschwerde anzuhören. Und was dann noch von ihrer Zeit übrigblieb, verging in der Furcht, noch mehr Kinder zu bekommen.

Linda zog die Brauen zusammen; sie richtete sich rasch im Liegestuhl auf und umklammerte ihre Knöchel. Ja, das war ihr Hauptgroll gegen das Leben; das war es, was sie nicht verstehen konnte. Das war die Frage, die sie wieder und immer wieder erhob, wenn sie vergebens auf Antwort lauschte. Es war ganz gut und recht zu behaupten, Kinderkriegen sei nun einmal das Los aller Frauen. Aber es war nicht wahr. Sie wenigstens konnte beweisen, daß es falsch war. Sie war gebrochen, geschwächt, ihr Lebensmut dahin – vom Kinderkriegen. Und es war doppelt schwer zu ertragen – weil sie ihre Kinder nicht liebte. Es war unnütz, sich da etwas vorzumachen. Selbst wenn sie die Kraft gehabt hätte, würde sie nie die kleinen Mädchen pflegen und mit ihnen spielen mögen. Nein, es war, als hätte auf jeder dieser gräßlichen Reisen ein eisiger Hauch sie durch und durch erstarren lassen, und es war keine Wärme geblieben, die sie ihnen hätte geben können. Was den kleinen Jungen betraf – nun, Gott sei Dank hatte sich Mutter seiner angenommen: er war Mutters Junge oder Beryls, oder wer ihn sonst haben wollte. Sie hatte ihn kaum auf den Armen gehalten. Er war ihr so gleichgültig, daß sie, wie er so dalag ... Linda blickte hinunter. Der kleine Junge hatte sich umgedreht. Er lag jetzt ihr zugewandt und schlief nicht mehr. Seine dunkelblauen Kinderaugen standen offen; er sah aus, als blicke er seine Mutter verstohlen an. Und plötzlich hatte er Grübchen im Gesicht; es verzog sich zu offenem, zahnlosem Lachen, zu einem wahren Strahlen. ›Ich bin hier!‹, schien das glückliche Lachen zu sagen. ›Warum hast du mich nicht lieb?‹

Es war etwas Eigenartiges, so Überraschendes in seinem Lachen, daß Linda selbst lachen mußte. Aber gleich hielt sie wieder an sich und sagte kalt zu dem kleinen Jungen: »Ich kann Babies nicht leiden.«

›Kannst Babies nicht leiden?‹ Der Junge konnte es nicht glauben. ›*Mich* nicht leiden?‹ Seine Arme zappelten närrisch seiner Mutter entgegen.

Linda ließ sich vom Liegestuhl auf den Rasen gleiten.

»Warum lachst du immerzu?« fragte sie streng. »Wenn du wüßtest, was ich gedacht habe, würdest du nicht mehr lachen!«

Aber er kniff nur schelmisch die Augen zu und drehte den Kopf auf dem Kissen hin und her. Er glaubte ihr kein Wort. ›Das kennen wir!‹ lächelte der kleine Junge.

Linda war maßlos erstaunt über das Vertrauen des kleinen Wesens . . . ach nein, sei ehrlich! Das war es nicht, was sie empfand; es war etwas ganz anderes, es war etwas so Neues, so . . . Die Tränen traten ihr in die Augen; ganz leise flüsterte sie: »Hallo, du Närrchen!«

Aber inzwischen hatte der Junge seine Mutter ganz vergessen. Etwas Rosiges, etwas Weiches bewegte sich vor seinem Gesicht. Er griff danach, und sofort verschwand es. Doch als er sich zurücklehnte, erschien noch eins, genau wie das erste. Diesmal war er entschlossen, es zu fangen. Er machte eine ungeheure Anstrengung – und rollte ganz herum.

VII.

Es war Ebbe; der Strand lag verlassen da; das warme Meer plätscherte
faul ans Ufer. Die Sonne prallte nieder, brannte heiß und feurig auf den
feinen Sand und briet die grauen und blauen und schwarzen und weiß
geäderten Kiesel. Sie saugte das Wassertröpfchen auf, das versteckt in
der Höhlung der gewölbten Muschel lag; sie bleichte die rosa Winden,
die sich durch die Sanddünen fädelten. Nichts schien sich zu rühren außer den kleinen Sandhüpfern. Pitt-pitt-pitt! Sie waren nie still.

Drüben auf den mit Seegras überzogenen Klippen, die bei Ebbe zottigen
Tieren glichen, welche zum Trinken ans Wasser gekommen waren, flimmerte der Sonnenschein wie lauter in die kleinen Felstümpel geworfene
Silbermünzen. Sie tanzten, sie zitterten, und winzige Rippelwellchen be-
spülten die porösen Ufer. Wenn man sich über sie beugte und hinabsah,
war jeder Tümpel ein See mit rosa und blauen, über die Ufer hingestreu-
ten Häusern. Und oh!, was für ein unendliches Bergland hinter diesen
Häusern – mit Schluchten und Engpässen, mit gefährlichen Wildbächen
und furchtbaren Pfaden, die an den Saum des Wassers führten! Unter der
Oberfläche schwankte der Unterwasserwald: rosige, fadendünne Bäumchen, Samtanemonen und Tang mit goldroten Beeren. Auf einmal ge-
schah etwas mit den rosa schwankenden Bäumchen: sie wechselten die
Farbe und zeigten ein kaltes Mondscheinblau. Und nun ertönte das leise
›Plop!‹ Wer hatte das Geräusch gemacht? Was ging da unten vor? Und wie
herbe, wie feucht das Seegras in der heißen Sonne roch . . . Die grünen
Sonnenmarkisen in den Bungalows der Sommerkolonie waren herunter-

gezogen. Erschöpft aussehende Badeanzüge und grob gestreifte Hand-
tücher waren auf den Veranden oder Koppeln ausgebreitet oder auf die
Zäune geworfen. Jedes Hoffenster schien auf seinem Fensterbrett mit
Strandschuhen oder Gesteinsproben oder einem Eimer oder einer Samm-
lung von Pawamuscheln verziert zu sein. Der Buschwald flimmerte in
Hitzeschleiern; die sandige Landstraße war leer, nur Trouts Hund Snoo-
ker lag ausgestreckt direkt in der Mitte. Das eine blaue Auge hatte er nach
oben gewandt und die Beine steif von sich gestreckt; dann und wann stieß
er einen verzweifelt klingenden Schnaufer aus, wie um zu sagen, er habe
beschlossen, ein Ende zu machen und warte nur auf ein freundlich daher-
kommendes Gefährt. »Wohin schaust du, Oma? Warum hörst du immer
wieder auf zu stricken und starrst die Wand an?«
Kezia und ihre Großmutter hielten Siesta miteinander. Das kleine Mädchen, das nur Höschen und Leibchen trug, lag mit nackten Beinen und Armen auf einem der aufgeschüttelten Kissen auf dem Bett ihrer Großmutter, und die alte Frau saß in einem weißen, volantbesetzten Morgenrock
im Schaukelstuhl am Fenster, eine lange rosa Strickarbeit im Schoß. Das
Zimmer, in das sie sich teilten, war gleich den andern Zimmern des Bungalows aus hellem, gefirnißtem Holz, und der Fußboden war kahl. Die
Möbel hätten nicht armseliger und einfacher sein können. Der Frisiertisch zum Beispiel bestand aus einer gewöhnlichen Holzkiste, die sich ein
geblümtes Musselinröckchen umgehängt hatte, und der Spiegel darüber
war sehr merkwürdig: als wäre ein kleiner Zickzackblitz darin einge-
fangen. Auf dem Tisch stand ein Kompottglas mit Strandnelken, die so
fest hineingezwängt waren, daß sie eher einem Nadelkissen aus Samt glichen, und daneben lagen eine ungewöhnliche Muschel, die Kezia ihrer

Großmutter als Nadelteller geschenkt hatte, und eine noch viel unge-
wöhnlichere Muschel, von der sie gemeint hatte, sie gäbe ein niedliches
Gehäuse für eine Uhr ab, die sich da hineinkuscheln könne.

»Sag's mir doch, Oma!« bat Kezia.

Die alte Frau seufzte, schlug den Wollfaden zweimal um den Daumen
und zog die beinerne Nadel hindurch; es war der erste Anschlag.

»Ich habe an deinen Onkel Willy gedacht, mein Kleines«, sagte sie leise.

»An meinen australischen Onkel William?« fragte Kezia. Sie hatte noch
einen anderen.

»Ja, natürlich.«

»An den, den ich nie gesehen habe?«

»Ja, an den.«

»Und was war mit ihm los?« Kezia wußte es ganz genau, aber sie wollte es
noch einmal erzählt bekommen.

»Er ist zu den Goldfeldern gegangen, und dort hat er einen Sonnenstich
bekommen und ist gestorben«, sagte die alte Mrs. Fairfield.

Kezia blinzelte nachdenklich und sah es wieder vor Augen ... ein kleiner
Mann, umgekippt wie ein Zinnsoldat, neben einer großen schwarzen
Grube.

»Wirst du traurig, Oma, wenn du an ihn denkst?« Sie mochte es nicht,
wenn ihre Großmama traurig war.

Jetzt wurde die alte Frau nachdenklich. Machte es sie traurig? So weit,
weit zurückzublicken? All die Jahre zurückzublicken, wie Kezia es soeben
mitangesehen hatte. *Ihnen* nachzublicken, wie Frauen es tun, noch lange,
nachdem *sie* ihrer Sicht entschwunden sind. Machte es sie traurig? Nein,
das Leben war nun einmal so.

»Nein, Kezia.«

»Aber warum?« fragte Kezia. Sie hob ihren nackten Arm auf und begann, Krakel in die Luft zu zeichnen. »Warum mußte Onkel William sterben? Er war noch nicht alt?«

Mrs. Fairfield begann, jeweils drei Maschen abzuzählen. »Es ist eben so gekommen«, sagte sie, in ihre Arbeit vertieft.

»Müssen alle Menschen sterben?« fragte Kezia.

»Alle!«

»Ich auch?« Es klang furchtbar ungläubig.

»Später einmal, mein Kleines.«

»Aber Oma?« Kezia hob das linke Bein auf und wackelte mit den Zehen, die voll Sand waren. »Wenn ich nun einfach nicht will?«

Die alte Frau seufzte und zog einen langen Faden aus dem Knäuel.

»Wir werden nicht gefragt, Kezia«, sagte sie traurig. »Einmal ergeht's uns allen so.«

Kezia lag still und dachte darüber nach. Sie hatte keine Lust zu sterben. Dann würde sie von hier wegmüssen, von hier, von überall – weg, weg von ihrer Großmutter. Sie rollte sich schnell herum.

»Oma!« rief sie erschrocken.

»Was, mein Liebes?«

»Du sollst aber nicht sterben!« Kezia äußerte sich sehr entschieden.

»Ach, Kezia . . .« Ihre Großmutter blickte auf und lächelte und schüttelte den Kopf. »Wir wollen lieber nicht darüber sprechen!«

»Aber du darfst nicht! Du kannst mich nicht allein lassen! Einfach nicht mehr dasein – das geht nicht!« Es war furchtbar. »Versprich mir, daß du's niemals tun wirst, Oma!« bettelte Kezia.

41

Die alte Frau strickte weiter.

»Versprich's mir! Sag ›niemals!‹«

Doch ihre Großmutter schwieg noch immer.

Kezia rollte vom Bett hinunter; sie konnte es nicht länger aushalten, und flink sprang sie ihrer Großmutter auf den Schoß, schlang ihr die Arme um den Hals und fing an, sie abzuküssen: unter dem Kinn, hinter dem Ohr, und sie pustete ihr in den Nacken.

»Sag nie . . . sag nie . . . sag nie . . .!« ächzte sie zwischen den Küssen. Und dann begann sie sanft und zart, ihre Großmutter zu kitzeln.

»Kezia!« Die alte Frau ließ ihr Strickzeug sinken. Sie warf sich im Schaukelstuhl zurück. Sie begann ihrerseits, Kezia zu kitzeln. »Sag nie, sag nie, sag, nie!« sprudelte Kezia hervor, während sie einander lachend in den Armen lagen. »Komm, jetzt ist's genug, mein Eichkätzchen! Jetzt ist's genug, mein wildes Pferdchen!« sagte die alte Mrs. Fairfield und rückte ihre Haube gerade. »Heb mir mein Strickzeug auf!«

Beide hatten vergessen, um was es mit dem ›Nie‹ ging.

VIII.

Die Sonne schien noch prall auf den Garten, als die Hoftür von Burnells
Bungalow zugeknallt wurde und eine sehr vergnügte Person auf dem
Gartenpfad zum Tor ging. Es war das Dienstmädchen Alice, für ihren
freien Nachmittag ›fein gemacht‹. Sie trug ein weißes Baumwollkleid mit
so großen und so vielen roten Punkten, daß es einem schlecht werden
konnte, und weiße Schuhe und einen italienischen Strohhut, der auf der
Unterseite mit Mohnblüten verziert war. Natürlich trug sie auch Handschuhe – weiße, mit Rostflecken um die Druckknöpfe herum – und in der
einen Hand hielt sie einen sehr flotten Sonnenschirm, den sie ihren ›Para-
plü‹ nannte.

Beryl, die am Fenster saß und ihr frisch gewaschenes Haar trocken fächelte, meinte, noch nie eine derartige Vogelscheuche gesehen zu haben.
Hätte sich Alice, bevor sie ausging, das Gesicht mit einem angekohlten
Korken geschwärzt, wäre das Bild vollständig gewesen. Und wohin ging
ein Mädchen wie sie in einem Ort wie dem hier? Der herzförmige Palm-
blattfächer fächelte verächtlich auf die schöne, schimmernde Haarfülle
ein. Sie vermutete, daß Alice sich irgendeinen gräßlich ordinären Rowdy
aufgegabelt hatte und daß sie zusammen in den Buschwald ziehen würden. Töricht, sich so auffallend anzuziehen! Mit einer so aufgetakelten
Alice würden sie es schwer haben, sich zu verstecken.

Aber Beryl war nicht gerecht. Alice ging zum Tee zu Mrs. Stubbs, die ihr
durch den kleinen Laufburschen, der immer die Bestellungen einsam-
meln mußte, eine Einladung geschickt hatte. Alice hatte Mrs. Stubbs sehr

in ihr Herz geschlossen – schon seit dem erstenmal, als sie in den Laden ging, um ein Mittel gegen Moskitos zu kaufen.

»Meine Güte!« Mrs. Stubbs hatte die Hände zusammengeschlagen. »Noch nie hab' ich jemand gesehen, der so zerstochen war! Als wär'n Sie bei den Kannibalen gewesen!«

Immerhin wünschte Alice, die Straße wäre ein bißchen belebter. Sie fand es ein bißchen gruselig, daß niemand hinter ihr ging. Da wurde einem ja ganz weich in den Knochen! Sie glaubte felsenfest, daß jemand sie beobachtete. Aber es wäre dumm von ihr gewesen, sich umzudrehen – denn damit hätte sie sich verraten. Sie zog die Handschuhe hoch, summte sich eins und sagte zu dem Eukalyptusbaum weiter vorn: »Lange kann's nicht mehr dauern!« Doch der war auch nicht die richtige Begleitung.

Mrs. Stubbs' Laden thronte auf einer kleinen Anhöhe ziemlich nah an der Landstraße. Das Häuschen hatte zwei große Fenster als Augen und eine breite Veranda als Hut, und das Schild auf dem Dach, das in Krakelbuchstaben *MRS. STUBBS' WARENHAUS* ankündigte, glich einer verwegen hinters Hutband gesteckten Visitenkarte.

Auf der Veranda hing eine lange Leine voller Badeanzüge, die sich aneinanderdrängten, als wären sie soeben aus dem Meer gerettet worden, und nicht, als warteten sie nur darauf, ins Wasser zu gehen; und neben ihnen hing ein Büschel Strandschuhe in einem so erstaunlichen Durcheinander, daß man mindestens fünfzig herunterreißen und trennen mußte, wollte man ein Paar finden. Selbst dann kam es äußerst selten vor, daß der Linke wirklich zum Rechten gehörte. Viele Leute hatten die Geduld verloren und waren mit einem Schuh weggegangen, der gut paßte, und mit einem andern, der ein bißchen zu groß war . . . Mrs. Stubbs setzte ihren Stolz darein, von allem etwas zu führen. Die Ware in den beiden vollgepfropften Schaufenstern war in Form von Pyramiden riskant auf-getürmt und konnte höchstens durch einen Zauberkünstler vor dem Ein-sturz bewahrt werden.

In der linken Ecke des einen Fensters klebte, mit vier Gummibonbons an der Scheibe befestigt, eine Bekanntmachung – war aber schon seit un-denklichen Zeiten dort:

VERLOREN! HÜBSCHE GOLDBROSCHE
ECHT GOLDEN
AM STRAND ODER NAHEBEI
BELOHNUNG ZUGESICHERT

Alice stieß die Tür auf; die Ladenklingel bimmelte, die roten Sergevor-hänge teilten sich, und Mrs. Stubbs erschien. Mit ihrem breiten Lächeln und dem langen Fleischmesser in der Hand glich sie einem freundlichen Seeräuber. Alice wurde so warmherzig begrüßt, daß es ihr richtig schwer-fiel, ihre Besuchsmanieren beizubehalten. Diese bestanden darin, daß sie unentwegt hüstelte und sich räusperte, an ihren Handschuhen zupfte, den Rock zusammenkniff und die größte Mühe hatte zu sehen, was ihr vorgesetzt, oder zu verstehen, was zu ihr gesagt wurde.

Der Teetisch war in der guten Stube gedeckt, beladen mit Schinken, Sar-dinen, einem ganzen Laib Butter und einem riesigen Weizenmehlku-chen, der wie eine Backpulverreklame wirkte. Doch der Primuskocher brodelte so laut, daß jeder Versuch, ihn zu überschreien, sinnlos gewesen wäre.

Alice setzte sich auf die äußerste Kante eines Korbstuhls, und Mrs. Stubbs pumpte die Flamme des Spiritusbrenners noch höher.

Plötzlich riß sie das Kissen von einem Stuhl herunter und brachte ein Paket in braunem Packpapier zum Vorschein.

»Ich habe gerade ein paar neue Aufnahmen machen lassen«, schrie sie Alice vergnügt zu. »Sagen Sie mal, wie Sie sie finden!«

Sehr geziert und fein benetzte Alice ihren Finger und schlug das Seidenpapier zurück. Herrje, wie viele es waren! Mindestens drei Dutzend! Und sie hielt das erste ans Licht.

Mrs. Stubbs saß in einem Sessel, sehr zur Seite gewandt.

Ein Ausdruck gelinden Staunens stand in ihrem Gesicht, und das war nur zu begreiflich. Denn obwohl der Sessel auf einem Teppich stand, brauste gleich links wunderbarerweise ein Wasserfall an der Teppichkante entlang.

Rechter Hand stand eine griechische Säule, eingerahmt von zwei riesigen Farnbäumen, und im Hintergrund ragte, weiß vor lauter Schnee, ein hochmütiger Berg auf.

»Sehr geschmackvoll, nicht wahr?« schrie Mrs. Stubbs, und Alice hatte gerade »reizend!« geschrien, als das Gebrüll des Primuskochers nachließ, verzichte und aufhörte, so daß sie in einer Stille, die erschreckend war, »sehr hübsch!« schrie. »Rücken Sie Ihren Stuhl heran, meine Liebe«, sagte Mrs. Stubbs und begann einzugießen. »Ja«, sagte sie nachdenklich, als sie Alice die Tasse reichte, »aber die Größe gefällt mir nicht! Ich lass' mir Vergrößerungen machen. Für Weihnachtskarten mag's ja angehen, aber aus kleinen Photos hab' ich mir nie was gemacht. Man hat keine Freude an ihnen. Ich finde sie, offen gestanden, deprimierend!«

Alice konnte sie gut verstehen.

»Format!« sagte Mrs. Stubbs. »Nichts geht über Format. Das hat mein armer guter Mann immer gesagt. Alles, was klein war, konnt' er nicht leiden. Hat ihn gegruselt. Aber denken Sie, meine Liebe, wie sonderbar« – hier quietschte Mrs. Stubbs und schien in der Erinnerung daran anzuschwellen –, »Herzerweiterung war's, die ihn zuletzt erwischt hat. Oft und oft haben sie's ihm halbliterweise im Krankenhaus abgezapft . . . Mir kam's vor wie so'n Strafgericht!«

Alice brannte darauf, zu erfahren, was sie ihm eigentlich abgezapft hatten. Sie nahm einen Anlauf.

»Vermutlich war's Wasser«, sagte sie.

Aber Mrs. Stubbs ließ Alice nicht aus den Augen, als sie bedeutsam antwortete: »Es war *liquide*, meine Liebe!«

Liquide! Alice schreckte wie eine Katze vor dem Wort zurück und kam dann wieder an – schnuppernd und auf der Hut.

»Das ist er!« sagte Mrs. Stubbs und deutete theatralisch auf Kopf und Schultern eines vierschrötigen Mannes in Lebensgröße mit einer künstlichen weißen Rose im Knopfloch, die an einen Brocken kaltes Hammelfett erinnerte. Gleich darunter stand in silbernen Buchstaben auf rotem Pappkarton: ›Fürchte dich nicht! Ich bin es!‹

»Es ist ein mächtig nettes Gesicht«, sagte Alice zaghaft.

Die blaßblaue Schleife zwischen dem krausen blonden Harr auf Mrs. Stubbs' Scheitel zitterte. Sie streckte ihren dicken Hals vor. Was für ein Hals das war! Hellrosa fing er an, ging in ein warmes Aprikosenrot über und verblaßte dann, bis er wie ein braunes und schließlich wie ein sahnefarbenes Ei aussah.

»Trotzdem, meine Liebe«, erklärte sie überraschenderweise, »Freiheit ist das Beste!« Ihr weiches, fettes Glucksen hörte sich wie zufriedenes Schnurren an. »Freiheit ist das Beste!« sagte Mrs. Stubbs noch einmal. Freiheit! Alice stieß ein lautes, törichtes Gekicher aus. Ihr war unbehaglich zumute. Ihre Gedanken flogen in ihre eigene kleine Küche zurück. So wunderlich war ihr – sie wäre gern wieder dort gewesen.

IX.

Nach dem Tee versammelte sich eine merkwürdige Gesellschaft in Burnells Waschhaus. Um den Tisch saßen ein Bulle, ein Gockelhahn, ein Esel – der dauernd vergaß, daß er ein Esel war – und ein Schaf und eine Biene. Das Waschhaus war für so eine Versammlung der ideale Ort, denn hier konnten sie soviel Lärm machen, wie sie wollten, und niemand unterbrach sie.

Es war ein kleiner Wellblechschuppen, der etwas abseits vom Bungalow stand. Vor der Wand war ein tiefer Trog und in der Ecke ein Kupferkessel, obendrauf ein Wäschekorb mit Klammern. Auf dem Sims des kleinen, mit Spinnweb überzogenen Fensters hatten sich ein Kerzenstummel und ein Mausefalle eingefunden. Wäscheleinen spannten sich kreuz und quer unter der Decke, und an einem Pflock in der Wand hing ein großes, schweres, rostiges Hufeisen. Der Tisch stand in der Mitte, und an jeder Seite war eine Bank.

»Du kannst keine Biene sein, Kezia! Eine Biene ist kein Tier. Eine Biene is'n Inseck.«

»Oh, ich möchte aber doch so schrecklich gern eine Biene sein!«jammerte Kezia . . . Eine winzig kleine Biene, mit gelbem Pelzchen und gestreiften Beinen. Sie schlug die Beine unter sich und beugte sich über den Tisch. Sie war eine Biene – sie spürte es.

»Ein Inseck muß ein Tier sein!« erklärte sie resolut. »Man kann's ja hören! Es ist nicht wie ein Fisch.«

»Ich bin ein Bulle! Ich bin ein Bulle!« schrie Pip. Und er stieß ein so schauriges Gebrüll aus – wie machte er es bloß –, daß Lottie ganz ängstlich aussah.

»Ich will ein Schaf sein«, sagte der kleine Rags. »Heute früh ist eine große Schafherde hier durchgezogen!«

»Woher weißt du's?«

»Dad hat sie gehört! Bäääh!« Es klang wie vom jüngsten Lämmchen, das hinterdrein trippelt und anscheinend darauf wartet, daß man es trägt.

»Kikeriki!« krähte Isabel schrill. Mit ihren roten Wangen und den blanken Augen sah sie ganz wie ein Gockelhahn aus. »Was soll ich sein?« fragte Lottie jeden einzelnen und saß lächelnd da und wartete, daß jemand für sie einen Entschluß faßte. Es mußte etwas Leichtes sein.

»Du kannst ein Esel sein!« schlug Kezia vor. »Hü-ha! Das kannst du nicht vergessen.«

»Hü-ha!« wiederholte Lottie ernst. »Wann muß ich es sagen?«

»Ich erklär's, ich erklär's!« sagte der Bulle. Er war's, der die Karten hatte. Er schwenkte sie um seinen Kopf. »Schau mal her, Lottie!« Er deckte eine Karte auf. »Es sind zwei Punkte drauf, siehst du sie? Wenn du nun die Karte in die Mitte legst und jemand anders hat auch ein Karte mit zwei Punkten, dann machst du ›Hü-ha!‹ und die Karte gehört dir!«

»Mir?« Lottie riß die Augen auf. »Zum Behalten?«

»Nein, Dummchen! Bloß beim Spielen, verstehst du? Bloß solange wir spielen.« Der Bulle war sehr ärgerlich über sie. »Oh, Lottie, du bist auch *zu* dumm!« sagte der stolze Gockelhahn.

Lottie blickte beide an. Dann ließ sie den Kopf hängen; ihr Lippchen zitterte. »Ich möchte nicht mitspielen«, flüsterte sie. Die andern sahen sich wie Verschwörer an. Sie wußten alle, was das bedeutete. Lottie würde weggehen, und dann würde man sie irgendwo entdecken, wie sie mit über den Kopf geworfener Schürze in einer Ecke oder an einer Wand oder sogar hinter einem Stuhl stand.

»Doch, du mußt mitspielen, Lottie! Es ist ganz einfach«, sagte Kezia.

Und Isabel, die ein schlechtes Gewissen hatte, sagte genau wie ein Erwachsener: »Schau auf mich, Lottie, dann kannst du's im Nu!«

»Sei nicht bange, Lot«, sagte Pip. »Warte, ich weiß, was ich mache! Ich gebe dir die erste. Eigentlich ist's meine Karte, aber ich gebe sie dir. Da hast sie!« Und er knallte die Karte vor Lottie auf den Tisch.

Lottie lebte wieder auf. Aber jetzt war sie in einer andern Klemme.

»Ich hab' kein Taschentuch«, sagte sie. »Ich brauch's dringend!«

»Hier, Lottie, du kannst meins haben!« Rags langte in seine Matrosenbluse und holte ein sehr feuchtes, zusammengeknotetes Taschentuch hervor. »Mußt aber sehr vorsichtig sein!« warnte er sie. »Nimm bloß den einen Zipfel! Nicht aufknoten! Ich hab' einen kleinen Seestern drin, den will ich mir zähmen!«

»Los jetzt, Kinder!« sagte der Bulle. »Und merkt's euch: ihr dürft nicht in die Kartem sehen! Ihr müßt die Hände unterm Tisch halten, bis ich sage: ›Los!‹«

Die Karten klatschten reihum auf den Tisch.

Sie strengten sich mächtig an, etwas zu sehen, aber Pip war zu flink für sie. Es war sehr aufregend, im Waschhaus zu sitzen, und beinah hätten sie einen kleinen Chor von Tierstimmen ausprobiert, bevor Pip alle Karten ausgeteilt hatte.

»So, Lottie, du fängst an!«

Lottie streckte schüchtern die Hand aus, hob die oberste Karte von ihrem

Häufchen, betrachtete sie gründlich – es war klar, daß sie die Punkte zählte – und deckte sie auf.

»Nein, Lottie, das ist verkehrt! Du darfst sie nicht zuerst anschauen! Du mußt sie andersrum hinlegen!«

»Aber dann sieht's jeder gleichzeitig mit mir«, sagte Lottie. Das Spiel ging weiter. Muuuhuhu! Der Bulle war furchtbar. Er langte über den Tisch weg und schien die Karten aufzufressen.

Bs-ss! machte die Biene.

Kikerikiiii! Vor lauter Aufregung sprang Isabel auf und zappelte mit den Ellbogen wie mit Flügeln.

Bäääh! Klein-Rags deckte den Karo-König auf, und Lottie zeigte eine Karte, die sie alle König von Spanien nannten. Sie hatte kaum noch eine Karte übrig.

»Warum rufst du nicht, Lottie?«

»Ich hab' vergessen, was ich bin«, sagte der Esel betrübt.

»Dann mach was andres! Kannst ein Hund sein! Wau-wau!«

»O ja. Das ist *viel* leichter!« Lottie lächelte wieder. Aber als sie und Kezia beide eine Eins hatten, wartete Kezia absichtlich. Die andern machten Lottie Zeichen und zeigten auf sie. Lottie wurde sehr rot; sie sah verwirrt aus, und endlich rief sie: »Hü-ha! Kezia!«

»Pst! Wartet mal!« Sie waren mitten im schönsten Spiel, als der Bulle sie unterbrach und die Hand hochhielt. »Was ist das? Was ist das für ein Geräusch?«

»Was für'n Geräusch? Was meinst du bloß?« fragte der Gockelhahn.

»Scht! Still! Horcht mal!« Sie waren mäuschenstill. »Ich hab' gedacht, ich hätte was gehört – als ob einer klopft!« sagte der Bulle.

»Wie hat sich's angehört?« fragte das Schaf bedrückt.

Keine Antwort.

Die Biene zitterte. »Warum haben wir bloß die Tür zugemacht?« fragte sie leise. Ach ja, warum, warum hatten sie die Tür zugemacht?

Während des Spiels war der Nachmittag vergangen; der prachtvolle Sonnenuntergang hatte den Himmel in Flammen gesetzt und war erloschen. Und jetzt kam rasch das Dunkel übers Meer gerast, über die Dünen und die Koppel herauf. Sie fürchteten sich, in die Ecken des Waschhauses zu blicken, und doch mußten sie – konnten nicht anders. Und irgendwo weit, weit weg zündete ihre Großmutter die Lampe an. Die Markisen würden heruntergezogen; das Herdfeuer hüpfte über die Büchsen auf dem Sims.

»Es wäre scheußlich, wenn jetzt eine Spinne von der Decke auf den Tisch fallen würde, was?« sagte der Bulle.

»Spinnen können nicht von der Decke fallen.«

»Doch, das können sie! Unsre Min hat uns erzählt, sie hat mal 'ne Spinne gesehen, die war so groß wie 'ne Untertasse und voll Haare – wie Stachelbeeren!«

Schnell fuhren all die kleinen Köpfe hoch, und all die kleinen Körper drängten sich aneinander, drückten einander.

»Warum kommt denn niemand und holt uns?« rief der Hahn. Oh, diese Erwachsenen! Lachend und gemütlich saßen sie im Lampenlicht und tranken Tee! Sie hatten sie vergessen. Nein, nicht richtig vergessen. Das war's, was ihr Lachen bedeutete: sie hatten sich vorgenommen, sie einfach hier sich selbst zu überlassen!

Plötzlich stieß Lottie einen so durchdringenden Schrei aus, daß sie alle von den Bänken aufsprangen und auch alle schrien. »Ein Gesicht – ein Gesicht kuckt rein!« kreischte Lottie. Es stimmte – es war keine Einbildung. Ein blasses Gesicht mit schwarzen Augen und einem schwarzen Bart war gegen die Fensterscheibe gedrückt.

»Oma! Mutter! Kommt doch!«

Aber noch ehe sie, übereinanderpurzelnd, die Tür erreicht hatten, wurde sie geöffnet, und Onkel Jonathan stand da. Er war gekommen, um seine kleinen Jungen nach Hause zu holen.

X.

Er hatte schon eher kommen wollen, aber im Vordergarten hatte er Linda getroffen, die auf dem Rasen umherging, manchmal stehenblieb, um eine welke Federnelke abzuknipsen oder dem schweren Blütenkopf einer Edelnelke eine Stütze zu geben, oder um irgendeinen Duft genießerisch einzuatmen, und dann weiterging – immer mit ihrer leicht geistesabwesenden Miene.

Über ihrem weißen Kleid trug sie ein gelbes Tuch mit rosa Fransen aus dem Chinesenladen.

»Hallo, Jonathan!« rief Linda. Und Jonathan riß sich den schäbigen Panamahut vom Kopf, drückte ihn an die Brust, sank auf ein Knie und küßte Linda die Hand.

»Sei mir gegrüßt, Allerschönste! Sei mir gegrüßt, himmlische Pfirsichblüte!« brummte die Baßstimme sanft. »Wo sind die andern edlen Damen?«

»Beryl ist ausgegangen, um Bridge zu spielen, und Mutter badet den Jungen . . . Bist du hergekommen, um dir etwas zu leihen?«

Den Trouts fehlte es immer an irgendwelchen Sachen, und immer wandten sie sich in letzter Minute an die Burnells.

Aber Jonathan erwiderte nur: »Ja, ein bißchen Liebe und Freundlichkeit!« und ging neben seiner Schwägerin einher. Linda ließ sich in Beryls Hängematte unter dem Manukabaum nieder, und Jonathan streckte sich neben ihr im Gras aus, rupfte einen langen Halm ab und begann daran zu kauen. Sie kannten einander gut. Kinderstimmen klangen aus den andern Gärten herüber. Der leichte Wagen eines Fischers rollte die sandige Landstraße entlang, und in weiter Ferne hörten sie einen Hund bellen; es klang so gedämpft, als hätte er seinen Kopf in einem Sack. Wenn man genau hinhorchte, konnte man noch gerade eben das leise Plätschern der See hören, die – jetzt bei Flut – über die Kiesel fegte. Langsam ging die Sonne unter.

»Am Montag mußt du also wieder im Büro anfangen, nicht wahr, Jonathan?« fragte Linda.

»Ja, am Montag öffnet sich die Käfigtür und schlägt dann für weitere elf Monate und sieben Tage hinter dem Opfer zu!« antwortete Jonathan.

Linda schaukelte leise.

»Es muß furchtbar sein«, sagte sie langsam.

»Soll ich lachen – oder soll ich weinen, schöne Schwester?« Linda war so mit Jonathans Redeweise vertraut, daß sie seine Frage nicht beachtete.

»Vermutlich gewöhnt man sich daran«, sagte sie träumerisch.

Man gewöhnt sich an alles.«

»Tut man das? Hm!« Das ›Hm‹ klang so tief, als brumme es unter dem Boden hervor. »Ich frage mich oft, wie man das macht«, fuhr er grübelnd fort. »Hab's selber nie fertiggebracht!«

Als Linda ihn betrachtete, wie er da im Gras lag, mußte sie wieder denken, wie gut er doch aussähe. Seltsamer Gedanke, daß er nur ein einfacher Buchhalter war und daß Stanley doppelt soviel verdiente wie er. Was war los mit Jonathan? Er hatte keinen Ehrgeiz – sie nahm an, das war der Grund. Und doch spürte man, daß er ungewöhnlich begabt war. Musik liebte er leidenschaftlich, und jeder Penny, den er sich abknapsen konnte, wurde für Bücher ausgegeben. Er steckte immer voll neuer Einfälle, Pläne und Projekte. Doch aus allem wurde nichts. Frisch flammte das Feuer in Jonathan auf, man hörte es fast, wie es leise knatterte, aber im nächsten Moment war es schon wieder zusammengesunken – nichts blieb als Asche, und Jonathan ging mit einem Ausdruck in seinen schwarzen Augen herum, der wie Hunger aussah. Wenn es so mit ihm stand, dann übertrieb er seine wunderliche Redeweise noch mehr, und in der Kirche – er war Chorführer – sang er mit so erschreckend dramatischer Inbrunst, daß selbst der minderwertigste Choral eine unheilige Pracht annahm.

»Mir scheint es genauso blöde und genauso teuflisch, nächsten Montag ins Büro zu gehen, wie es mir immer erschienen ist und immer erscheinen wird«, sagte Jonathan. »Die besten Jahre seines Lebens auf einem Büroschemel hocken und von neun bis fünf in ein Hauptbuch zu kritzeln, das irgendwem gehört, das nenn' ich schlechten Gebrauch machen von dem . . . einen, einzigen Leben, das man hat, findest du nicht? Oder ist es ein schöner Traum?« Er drehte sich im Gras auf die Seite und blickte zu Linda auf. »Kannst du mir sagen, was der Unterschied zwischen meinem Leben und dem Leben eines gewöhnlichen Sträflings ist? *Ich* kann nur einen Unterschied sehen: daß ich mich selbst ins Gefängnis begeben habe und daß niemand mich je wieder herauslassen wird. Die Situation ist also noch unerträglicher. Denn wenn ich gegen meinen Willen – vielleicht sogar um mich schlagend – hineingestoßen worden wäre, dann hätte ich, sobald die Türe zu war, oder jedenfalls im Lauf von etwa fünf Jahren oder so, die Tatsache hingenommen und angefangen, mich für die Fliegen zu interessieren oder die Schritte des Wärters im Gang zu zählen – unter besonderer Beachtung möglicher Veränderungen in der Art seines Auftretens, und so weiter. Doch wie die Dinge jetzt stehen, bin ich ein Insekt, das aus freiem Willen in ein Zimmer geflogen ist. Ich pralle gegen die Wände, pralle gegen die Fensterscheiben, bumse gegen die Decke, ja tue alles nur Menschenmögliche – ausgenommen, daß ich wieder rausfliege. Und die ganze Zeit denke ich – wie der Falter oder Schmetterling oder was es nun ist: ›Ach, wie kurz ist das Leben! Ach, wie kurz ist das Leben.‹ Nur eine Nacht oder ein Tag ist mir gegönnt, und draußen ist der weite, gefahrvolle Garten, er wartet draußen, unentdeckt, unerforscht!«

»Aber wenn du das weißt«, begann Linda rasch, »warum . . .«

»*Ah!*« rief Jonathan, und das ›Ah‹ klang beinah jubelnd. »Da hast du mich erwischt! Warum? Ja, warum? Das ist die rätselhafte Frage, die einen verrückt machen kann. Warum fliege ich nicht wieder hinaus? Dort ist das Fenster – oder die Tür oder wie sonst ich reingekommen bin. Nicht hoffnungslos zugesperrt, nicht wahr? Warum finde ich sie nicht und fliege auf und davon? Das beantworte mir mal, Schwesterchen!« Doch er ließ ihr keine Zeit für eine Antwort.

»Und darin gleiche ich wieder genau dem Insekt. Aus irgendeinem Grunde« – Jonathan schob Pausen zwischen den einzelnen Wörtern ein – »ist es nicht erlaubt – ist es verboten – ist es gegen das Insektengesetz, mit dem Herumflattern und Kopfeinrennen und Scheibenhinaufkriechen aufzuhören, nicht eine Sekunde aufzuhören. Warum mache ich nicht Schluß mit dem Bürogehen? Warum zum Beispiel überlege ich nicht in diesem Augenblick ernstlich, was mich daran hindert, wegzugehen? Es ist nicht so, als wäre ich schrecklich angebunden. Ich muß für zwei Jungen sorgen – aber schließlich sind es Jungen. Ich könnte zur See gehen oder einen Posten im Hinterland bekommen oder –«

Plötzlich lächelte er Linda zu und sagte mit veränderter Stimme und als vertraue er ihr ein Geheimnis an: »Schwach! Schwach! Keine Vitalität! Kein fester Halt! Keine richtungsweisenden Grundsätze – nennen wir's mal so.« Doch dann stimmte die dunkle Samtstimme ein Verslein an: »Hört euch die Geschichte an, die ich jetzt berichten tu': ...«, und beide verstummten.

Die Sonne war untergegangen. Im Westen lagerten große Ballungen rosenfarbener Wolken. Breite Lichtbahnen brachen durch die Wolken und hinter ihnen hervor, als wollten sie den ganzen Himmel einnehmen. Das Blau im Zenit verblaßte; es verwandelte sich in fahles Gold, und der Buschwald, der sich dagegen abzeichnete, glomm dunkel und metallisch blank. Manchmal, wenn sich solche Lichtbahnen am Himmel zeigen, können sie wahrhaft erschreckend sein. Sie erinnern einen daran, daß dort oben Jehova thront, der Allmächtige, der eifervolle Gott, dessen Auge auf einem ruht, ewig wachsam, niemals müde. Und man erinnert sich, daß bei Seinem Kommen die ganze Erde beben und ein zusammengestürzter Totenacker sein wird; von kalten, strahlenden Engeln wird man hierhin und dorthin getrieben, und es bleibt keine Zeit zu erklären, was sich so einfach erklären ließe ... Aber heute abend schien es Linda, als wäre etwas unendlich Freudiges und Liebevolles in den silbernen Lichtbahnen. Und jetzt kam ein harscher Laut vom Meer her. Es atmete so leise, als wollte es all die zarte, freudige Schönheit in seine eigene Brust einziehen.

»Es ist alles falsch, alles falsch«, sagte Jonathans schattenhafte Stimme. »Es ist nicht der rechte Schauplatz, nicht die rechte Kulisse für ... drei Büroschemel, drei Tintenfässer und ein Gazefenster.

Linda wußte, daß er sich niemals ärgern würde, aber sie fragte: »Es ist doch selbst jetzt noch nicht zu spät?«

»Ich bin alt – ich bin alt!« klagte Jonathan. Er beugte sich zu ihr hinüber und strich mit der Hand über seinen Kopf. »Sieh dir das an!« Sein schwarzes Haar war silbern gesprenkelt, wie die Brustfedern eines Birkhahns.

Linda war überrascht. Sie hätte nie gedacht, daß er schon grau wurde. Und doch, als er sich jetzt neben ihr erhob und seufzte und sich reckte, sah sie zum erstenmal, daß er nicht beherzt, nicht tapfer, nicht unbekümmert war, sondern daß ihn schon das Alter angerührt hatte. Im dunkler werdenden Gras sah er lang aufgeschossen aus, und es fuhr ihr durch den Kopf: ›Er ist wie ein Halm.‹

Jonathan bückte sich noch einmal und küßte ihr die Finger. »Der Himmel lohne dir deine Geduld, holde Frau!« murmelte er. »Ich muß die Erben meines Ruhms und Reichtums suchen gehen . . .« Dann war er verschwunden.

XI.

In den Fenstern des Bungalows schimmerte Licht. Zwei goldene Vierecke fielen auf die Federnelken und die bemützten Ringelblumen. Die Katze Florrie kam auf die Veranda hinaus und setzte sich auf die oberste Treppenstufe – die weißen Pfoten nah beisammen, den Schwanz herumgelegt. Sie sah zufrieden aus und als hätte sie den ganzen Tag auf diesen Augenblick gewartet.

»Gottlob, die Nacht kommt!« sagte Florrie. »Gottlob, der lange Tag ist vorbei!« Ihre Reineclaudenaugen öffneten sich. Gleich darauf erschallte das Gerumpel der Postkutsche und das Knallen von Kellys Peitsche. Sie kam so nah heran, daß man die Stimmen der aus der Stadt heimkehrenden Herren hören konnte, die laut miteinander sprachen. Sie hielt vor Burnells Gartentor.

Stanley war fast den halben Weg hinaufgegangen, ehe er Linda gewahrte.

»Bist du's, Liebste?«

»Ja, Stanley.«

Er sprang über das Blumenbeet und nahm sie in die Arme. Die vertraute, sehnsüchtige, kraftvolle Umarmung hüllte sie ein.

»Verzeih mir, Liebste, verzeih mir!« stammelte Stanley, legte ihr die Hand unters Kinn und hob ihr Gesicht zu sich auf.

»Verzeihen?« lächelte Linda. »Wofür denn nur?«

»Großer Gott! Du kannst es nicht vergessen haben!« rief Stanley Burnell. »Ich habe den ganzen Tag an nichts anderes gedacht! Ich habe einen schrecklichen Tag hinter mir! Hatte mich schon entschlossen, hinauszulaufen und dir zu telegraphieren, aber dann dachte ich, das Telegramm käme auch nicht früher zu dir als ich selber. Ich habe Qualen ausgestanden, Linda!«

»Aber Stanley«, sagte Linda, »was soll ich dir bloß verzeihen?«

»Linda!« Stanley war aufrichtig verletzt. »Hast du denn gar nicht gemerkt – du mußt es doch gemerkt haben –, daß ich heute früh weggegangen bin, ohne dir Lebewohl zu sagen? Ich kann mir nicht vorstellen, wie ich dazu fähig war! Mein verflixtes Temperament ist natürlich schuld. Aber – na, ja«, und er seufzte und zog sie wieder an sich, »für heute habe ich genug gelitten.«

»Was hast du da in der Hand?« fragte Linda. »Neue Handschuhe? Zeig sie mal!«

»Oh, bloß ein Paar billige waschlederne«, sagte Stanley bescheiden. »Heute früh in der Kutsche habe ich gesehen, daß Bell welche trug, und als ich am Geschäft vorbeikam, bin ich hineingesprungen und habe mir auch ein Paar gekauft. Worüber lachst du? Du findest doch nicht, daß es verkehrt war – oder doch?«

»Im *Ge*-genteil, Liebster«, sagte Linda. »Ich finde, daß es sehr vernünftig war!«

Sie streifte den einen der hellen, breiten Handschuhe über ihre eigenen Finger und betrachtete ihre Hand, sie hin und her drehend. Sie lächelte noch immer.

Stanley hätte gern gesagt: ›Auch als ich sie kaufte, habe ich dauernd an dich gedacht.‹ Es entsprach der Wahrheit, aber aus irgendeinem Grund brachte er es nicht heraus. »Laß uns ins Haus gehen!« sagte er.

XII.

Warum empfindet man nachts alles ganz anders? Warum ist es so erregend, nachts wach zu sein, wenn alle andern schlafen? Es ist spät – sehr spät! Und doch fühlt man sich mit jedem Augenblick wacher und wacher, als erwache man langsam, fast mit jedem Atemzug, in eine neue Welt hinein, in eine schönere, spannendere und aufregendere Welt als die Tagwelt. Und was ist das für ein komisches Gefühl, daß man sich wie ein Verschwörer vorkommt? Leise und verstohlen bewegt man sich im Zimmer. Ohne das kleinste Geräusch hebt man etwas vom Frisiertisch auf und legt es wieder hin. Und alles, sogar der Bettpfosten, weiß um das Geheimnis, geht darauf ein, teilt es mit einem . . .

Bei Tage liebst du dein Zimmer nicht sehr. Du denkst nie daran. Du gehst ein und aus, die Tür öffnet sich und fliegt zu, der Schrank knarrt. Du setzt dich auf die Bettkante, ziehst andere Schuhe an und stürzt wieder hinaus. Du beugst dich zum Spiegel hinunter, zwei Haarnadeln in die Frisur, Puder auf die Nase, und weg bist du wieder. Aber jetzt – ist es dir plötzlich lieb. Es ist ein goldiges, komisches kleines Zimmer! Es ist deins! Oh, wie herrlich, wenn einem etwas gehört! Meins – mein eigenes!

»Ewig die Meine?«

»Ja.« Ihre Lippen finden sich.

Nein, das hatte natürlich nichts damit zu tun! Das war alles Unsinn und Quatsch. Und doch sah Beryl auch gegen ihren Willen ganz deutlich zwei Menschen mitten im Zimmer stehen. Sie hatte ihm die Arme um den Hals gelegt; er hielt sie fest. Und jetzt flüsterte er. »Meine Schönheit! Meine kleine Schönheit!« Sie sprang vom Bett, rannte zum Fenster und kniete sich hin, die Ellbogen auf dem Fensterbrett. Aber auch die wundervolle Nacht, der Garten, jeder Busch und jedes Blatt, sogar der weiße Zaun, sogar die Sterne waren Verschwörer. So hell schien der Mond, daß die Blumen wie bei Tage leuchteten; die Schatten der Kapuzinerkresse mit ihren köstlichen, seerosenähnlichen Blättern und den weit offenen Kelchen fielen auf die silbrige Veranda. Der Manukabaum, von den Südwinden leicht geduckt, glich einem Vogel auf einem Bein, der eine Schwinge von sich streckt.

Doch als Beryl auf den Buschwald schaute, schien er ihr traurig zu sein. ›Wir sind stumme Bäume, die sich zum Nachthimmel aufrecken und nicht wissen, was sie erflehen!‹ sagte der Buschwald bekümmert.

Zwar – wenn du allein bist und über das Leben nachdenkst, ist es immer traurig. Die ganze Begeisterung und so weiter hat es an sich, plötzlich von dir abzufallen, und es ist so, als riefe in der Stille jemand deinen Namen und als hörtest du den Namen zum erstenmal! »Beryl!«

»Ja, hier bin ich! Ich bin Beryl! Wer ruft mich?«

»Beryl?«

»Laß mich zu dir kommen!«

Man ist einsam, wenn man für sich allein lebt. Natürlich sind immer Verwandte und Bekannte da, haufenweise; aber das meint sie nicht. Sie braucht einen, der die Beryl entdeckt, die keiner von ihnen kennt, der von ihr erwartet, daß sie immer jene Beryl bleibt. Sie will einen Liebsten haben.

»Nimm mich weg von all den andern Leuten, Liebster! Laß uns weit fortgehen. Wir wollen unser eigenes Leben leben, ganz neu, ganz unser ei-

gen, vom allerersten Anfang an. Laß uns zusammen Feuer machen, laß
uns setzen und zusammen essen! Laß uns abends lange erzählen!«

Und fast dachte sie: ›Rette mich, mein Liebster! Rette mich!‹

. . . »Oh, mach schon! Sei nicht so prüde, mein gutes Kind! Amüsiere
dich, solange du jung bist. Das rate ich dir!« Und ein lauter Sturzbach albernen Gelächters mischte sich in Mrs. Kembers lautes, gleichgültiges
Gewieher.

Es ist nämlich so furchtbar schwierig, wenn man niemanden hat. Man ist
allem so ausgeliefert. Man kann nicht einfach unhöflich sein. Und immer
fürchtet man, unerfahren und langweilig zu erscheinen, wie die andern
Gänse an der Bucht unten. Und – es ist aufregend zu wissen, daß man
Macht über jemanden hat. Ja, das zu wissen ist aufregend . . . Ach, weshalb, weshalb kommt ›er‹ nicht bald?

Wenn ich noch länger hier lebe, dachte Beryl, kann mir alles mögliche zu-
stoßen.

»Aber woher willst du wissen, daß er überhaupt kommt?« spottete die
Stimme . . . eine kleine Stimme in ihr.

Doch Beryl verscheucht sie. Sie würde nicht sitzen bleiben! Andere Mädchen vielleicht, aber nicht sie. Es war unmöglich, sich vorzustellen, daß
Beryl Fairfield nie heiraten würde – das reizende, entzückende Geschöpf!

»Erinnern Sie sich an Beryl Fairfield?«

»Ob ich mich an sie erinnere? Als könnte ich sie je vergessen! In einem
Sommer sah ich sie an der Bucht. Sie stand am Strand, in einem blauen« –
nein, rosa – »Musselinkleid und mit einem großen, sahneweißen« – nein,
schwarzen – »Strohhut. Aber das ist schon Jahre her!«

»Sie ist immer noch so schön, womöglich noch schöner!«

Beryl lächelte, biß sich auf die Lippe und schaute in den Garten hinaus. Und während sie so schaute, sah sie, wie jemand, ein Mann, die Straße verließ und die Koppel neben ihrem Zaun heraufkam, als wollte er geradenwegs zu ihr. Sie bekam Herzklopfen. Wer war das? Es konnte kein Einbrecher sein, bestimmt war es kein Einbrecher, denn er rauchte und ging ungezwungen einher. Beryl stockte das Herz; er schien sich umzudrehen und stillzustehen. Sie erkannte ihn.

»Guten Abend, Miss Beryl«, sagte die Stimme leise.

»Guten Abend.«

»Möchten Sie mitkommen – ein bißchen spazieren?« fragte die schleppende Stimme.

Spazierengehen – mitten in der Nacht? »Nein, ich kann nicht. Alle sind im Bett. Jeder schläft.«

»Oh«, sagte die Stimme leichthin, und ein Hauch würzigen Tabaks wehte zu ihr hin, »es ist doch egal, was die andern tun. Kommen Sie mit! Es ist eine herrliche Nacht. Und kein Mensch ist unterwegs.«

Beryl schüttelte den Kopf. Aber schon regte sich etwas in ihr, schon hob etwas das Haupt.

Die Stimme fragte: »Fürchten Sie sich?« Sie spottete: »Armes kleines Mädchen!«

»Kein bißchen«, antwortete sie. Während sie es sagte, schien das schwache Etwas sich zu erheben und ungeheuer mächtig zu werden: sie sehnte sich mitzugehen!

Und als fände der andere es ganz selbstverständlich, sagte er sanft und weich, aber bestimmt: »Komm schon!«

Beryl stieg aus dem niedrigen Fenster, überquerte die Veranda und lief über den Rasen ans Tor.

Er war vor ihr dort.

»So ist's recht!« hauchte die Stimme und neckte: »Du hast doch nicht Angst? Du wirst doch nicht Angst haben?«

Sie hatte Angst. Denn seit sie hier war, erschien alles anders, und sie war entsetzt. Der Mondschein glitzerte grell, die Schatten waren wie Eisenstäbe. Sie wurde bei der Hand genommen.

»Kein bißchen«, sagte sie leichthin. »Warum sollte ich?«

Ihre Hand wurde sanft gedrückt und weitergezogen.

Sie blieb stehen.

»Nein, weiter komme ich nicht mit!« sagte Beryl.

»Ach, Unsinn!« Harry Kember glaubte ihr nicht. »Komm schon! Wir gehen bloß bis zum Fuchsienbusch! Komm schon!«

Es war ein riesiger Fuchsienbusch. Er fiel wie ein Wasserfall über den Zaun. Darunter war es finster – eine dunkle kleine Höhle.

»Nein, wirklich, ich möchte nicht!« sagte Beryl.

Einen Augenblick sagte Harry Kember nichts. Dann trat er nahe heran, lächelte ihr ins Gesicht und sagte rasch: »Sei nicht albern! Sei nicht albern!«

So ein Lächeln hatte sie noch nie gesehen. War er betrunken? Vor dem glitzernden, sinnlosen, fürchterlichen Lächeln erstarrte sie entsetzt. Was tat sie? Wie war sie hergekommen? fragte der gestrenge Garten.

Da wurde das Tor aufgestoßen, und flink wie eine Katze glitt Harry Kember herein und riß sie an sich.

»Du kalte kleine Hexe!« sagte die verhaßte Stimme.

Aber Beryl war kräftig. Sie wand sich, duckte sich und riß sich los.

»Sie sind gemein, gemein!« sagte sie.

»Warum sind Sie dann gekommen, verflixt noch mal!« stotterte Harry Kember

Niemand antwortete ihm.

Eine kleine Wolke zog gelassen am Mond vorüber. In dem kurzen, von Finsternis erfüllten Augenblick rauschte das Meer dumpf und verstört. Dann segelte die Wolke weiter, und das Rauschen des Meeres war ein undeutliches Murmeln, als erwache es aus einem dunklen Traum. Alles war still.

DAS GARTENFEST

Und schließlich war das Wetter ideal. Sie hätten keinen makelloseren Tag für ein Gartenfest haben können, wenn sie ihn in Auftrag gegeben hätten. Windstill, warm, der Himmel ohne eine Wolke. Nur das Blau war von einem Dunst hellen Goldes verschleiert, wie es manchmal im Frühsommer vorkommt. Der Gärtner war seit dem Morgengrauen auf, mähte den Rasen und fegte ihn, bis das Gras und die dunklen, flachen Rosetten, wo die Gänseblümchen gestanden hatten, zu glänzen schienen. Und die Rosen – man konnte nicht umhin zu denken, sie hätten begriffen, daß Rosen die einzigen Blumen sind, die bei einem Gartenfest auf die Leute Eindruck machen, die einzigen Blumen, die jeder mit Sicherheit erkennt. Hunderte, ja buchstäblich Hunderte waren in einer einzigen Nacht aufgeblüht; die grünen Büsche neigten sich, als wären sie von Erzengeln heimgesucht worden. Das Frühstück war noch nicht ganz vorbei, als die Männer kamen, um das Zelt aufzustellen.

»Wo willst du das Zelt aufgestellt haben, Mutter?«

»Mein liebes Kind, es nützt nichts, mich zu fragen. Ich bin entschlossen, dieses Jahr alles euch Kindern zu überlassen. Vergeßt, daß ich eure Mutter bin! Behandelt mich wie einen geliebten Gast!«

Aber Meg konnte unmöglich hingehen und die Männer be-

aufsichtigen. Sie hatte sich vor dem Frühstück die Haare ge-
waschen und saß da und trank ihren Kaffee in einem grünen Turban; eine nasse, dunkle Locke war auf jede Wange gedrückt. Und Jose, der Schmetterling? Sie kam stets in einem
seidenen Unterrock und einer Kimonojacke nach unten.

»Laura, du mußt gehen, du bist die Künstlerische!«

Laura flog davon und hielt noch ein Stück Butterbrot in der
Hand.

Es ist köstlich, wenn man einen Vorwand dafür hat, im Freien
zu essen, und außerdem liebte sie es, wenn sie etwas arrangie-
ren mußte. Sie fand immer, sie könne es soviel besser als jeder
andre.

Vier Männer in Hemdsärmeln standen in einer Gruppe auf
dem Gartenweg beisammen. Sie trugen Stangen mit aufge-
rolltem Segeltuch und hatten große Werkzeugbeutel um den
Hals hängen. Sie sahen eindrucksvoll aus. Laura wünschte
jetzt, sie hätte kein Butterbrot in der Hand, doch sie konnte es
nirgends hinlegen, und wegwerfen konnte sie es unmöglich.
Sie wurde rot und versuchte, streng und sogar ein wenig kurz-
sichtig auszusehen, als sie auf sie zutrat.

»Guten Morgen«, sagte sie und ahmte die Stimme ihrer Mutter nach. Aber das klang so furchtbar geziert, daß sie sich
schämte und wie ein kleines Mädchen hervorstotterte: »Oh –
hm – Sie sind wohl – wegen des Zelts gekommen?«

»Stimmt, Miss«, sagte der größte der Männer, ein schmächti-
ger, sommersprossiger Bursche, und ruckte an seinem Werk-

zeugbeutel, stieß seinen Strohhut zurück und lächelte auf sie herab: »Stimmt genau!«

Sein Lächeln war so ungezwungen, so freundlich, daß Laura sich wieder faßte. Was für hübsche Augen er hatte – klein, aber von einem so dunklen Blau! Und jetzt blickte sie auf die andern, die auch lächelten. ›Nur Mut, wir beißen nicht‹, schien das Lächeln zu besagen. Wie furchtbar nett waren diese Arbeiter! Und was für ein herrlicher Morgen! Sie durfte den Morgen nicht erwähnen – sie mußte geschäftstüchtig tun.

»Also wie wär's mit der Lilienwiese? Ginge das?«

Und sie zeigte mit der Hand, in der sie nicht das Butterbrot hielt, auf die Lilienwiese. Sie drehten sich um und blickten in die Richtung. Ein kleiner dicker Kerl schob die Unterlippe vor, und der lange Mensch runzelte die Stirn.

»Die gefällt mir nicht«, sagte er. »Ist nicht auffällig genug. Sehen Sie, so ein Ding wie ein Festzelt«, wandte er sich zutraulich an Laura, »das möchte man irgendwo aufstellen, wo es einem wie ein Schlag ins Auge knallt, falls Sie mich verstehen?«

Lauras Erziehung machte sie einen Augenblick unsicher, ob es von einem Arbeiter genügend ehrerbietig sei, zu ihr von einem ins Auge knallenden Schlag zu sprechen. Aber sie verstand ihn recht gut.

»Eine Ecke vom Tennisplatz!« schlug sie vor. »Aber in der einen Ecke wird schon die Musikkapelle sein.«

»Hoho, werden Sie eine Musikkapelle haben?« fragte ein andrer Arbeiter. Er war blaß. Er sah verhärmt aus, als seine dunklen Augen den Tennisplatz musterten. Was mochte er denken?

»Nur eine sehr kleine Kapelle«, erwiderte Laura sanft. Vielleicht machte es ihm nicht soviel aus, wenn die Kapelle klein war. Doch der lange Mensch unterbrach sie.

»Schauen Sie her, Miss! Das da ist der richtige Platz: vor den Bäumen! Dort drüben! Dort wird es sich fein ausnehmen!«

Vor den Karakas? Dann würden die Karakabäume verdeckt. Und sie waren so schön mit ihren breiten, glänzenden Blättern und ihren Büscheln gelber Früchte. Sie waren wie Bäume, die man sich auf einer unbewohnten Insel vorstellt, stolz und einsam wachsend, ihre Blätter und Früchte in einer Art stummer Pracht zur Sonne aufhebend. Sollten die von einem Zelt verdeckt werden?

Es mußte sein. Die Männer hatten schon ihre Stangen geschultert und gingen auf die Stelle zu. Nur der lange Mensch war noch da. Er bückte sich, zerrieb eine Lavendelrispe, hob Daumen und Zeigefinger an die Nase und schnupperte den Duft ein. Als Laura diese Handbewegung sah, vergaß sie die Karakabäume gänzlich, so erstaunt war sie über ihn, daß er für solche Dinge etwas übrig hatte – für den Duft von Lavendel! Wie wenige Männer, die sie kannte, hätten dergleichen getan! Oh, wie erstaunlich nett Arbeiter waren, dachte sie. Warum konnte sie nicht Arbeiter zu Freunden haben statt der albernen Jungen, mit denen sie tanzte und die sonntags zum Abendessen kamen? Mit Männern wie diesen hier würde sie sich viel besser verstehen.

Schuld an alledem sind nur die verrückten Klassenunterschiede, fand sie, während der lange Mensch etwas auf die Rückseite eines Briefumschlags skizzierte – etwas, das hochgewunden werden oder herunterhängen sollte. Sie selbst hielt nichts von Klassenunterschieden. Nicht ein bißchen, keine Spur . . . Und nun erklang das Poch-poch der Holzhämmer. Jemand pfiff, und jemand trällerte: »Klappt's bei dir, Kumpel?« – Kumpel! Soviel Freundlichkeit, soviel . . . Nur um zu beweisen, wie glücklich sie war, nur um dem langen Menschen zu zeigen, wie dazugehörig sie sich empfand und wie sie dumme Konventionen verachtete, biß Laura einen tüchtigen Happen von ihrem Butterbrot ab und blickte auf die kleine Skizze. Sie kam sich genau wie ein Arbeiterkind vor.

»Laura? Laura, wo bist du? Telefon, Laura!« rief eine Stimme vom Haus her.

»Komme schon!« Fort sauste sie über den Rasen, über den Pfad, die Treppe hinauf, quer über die Veranda und durch den Eingang. In der Halle bürsteten ihr Vater und Laurie ihre Hüte, bereit, ins Büro zu gehen.

»Hör mal, Laura«, sagte Laurie ganz eilig, »du könntest dir meine Jacke für heute nachmittag anschauen! Sieh mal nach, ob sie gebügelt werden muß!«

»Gern!« sagte sie. Plötzlich konnte sie nicht mehr an sich halten. Sie lief auf Laurie zu und drückte ihn rasch ein bißchen an sich. »Oh, Feste liebe ich über alles, du auch?« stieß sie hervor.

»Na – es geht«, sagte Laurie mit seiner warmen, knabenhaften Stimme, und er drückte seine Schwester ebenfalls und gab ihr einen sanften Schubs. »Schnell ans Telefon, mein Kleines!« Das Telefon! »Ja. Ja. O ja. Kitty? Guten Morgen, Liebes! Kommst du zum Mittagessen? Komm doch, Liebes! Freuen uns natürlich. Es wird nur eine sehr zusammengestoppelte Mahlzeit sein – bloß Brotrinden und zerbröckelte Baisers und was sonst noch an Resten da ist. Ja, ist es nicht ein idealer Morgen? Dein Weißes? Oh, würde ich bestimmt tun! Einen Augenblick, bleib am Apparat! Mutter ruft.« Und Laura lehnte sich zurück. »Was, Mutter? Kann's nicht verstehen!« Mrs. Sheridans Stimme schwebte die Treppe hinunter. »Sag ihr, sie soll den süßen Hut aufsetzen, den sie letzten Sonntag getragen hat!«

»Mutter sagt, du sollst den süßen Hut aufsetzen, den du letzten Sonntag getragen hast! Gut! Um eins! Wiedersehen!«

Laura legte den Hörer auf und warf die Arme über den Kopf, schöpfte tief Atem, reckte sich und ließ sie fallen. »Uff«, seufzte sie, und im nächsten Augenblick nach dem Seufzer richtete sie sich rasch auf. Sie saß still und lauschte. Alle Türen im Haus schienen offenzustehen. Das ganze Haus war lebendig, voll leichter, schneller Schritte und wandernder Stimmen. Die grüne Friestür, die in den Küchenbereich führte, flog mit gedämpftem Knall auf und wieder zu. Und jetzt kam ein langes, gurgelndes, verrücktes Geräusch. Es war der schwere Flügel, der auf seinen starren Rollen verschoben wurde. Aber die Luft! Wenn man sich's überlegte: war die Luft denn immer so? Leise Lüftchen spielten Fangen: zu den Oberlichtfenstern herein und zu den Türen hinaus. Und dort waren zwei kleine Sonnenflecke – einer auf dem Tintenfaß, einer auf einem Photorahmen, und sie spielten auch. Geliebte kleine Sonnenflecke! Besonders der auf dem Tintenfaßdeckel! Er war ganz warm. Ein warmer kleiner Silberstern. Sie hätte ihn küssen können.

Die Haustürglocke läutete, und auf der Treppe tönte das Rascheln von Sadies gemustertem Rock. Eine Männerstimme murmelte. Sadie antwortete gleichgültig: »Das weiß ich wirklich nicht. Warten Sie! Ich werde Mrs. Sheridan fragen.«

»Was gibt's, Sadie?« Laura trat in die Halle.

»Der Mann vom Blumengeschäft, Miss Laura!«

Tatsächlich! Gleich innerhalb der Tür stand ein breites, flaches Tragbrett voller Töpfe mit roten Lilien. Keine andre Sorte. Nichts als Lilien, Cannalilien, große rote Blüten, weit offen, strahlend, fast erschreckend lebendig auf leuchtend karminroten Stielen.

»O–h, Sadie!« rief Laura, und es klang wie ein kleines Ächzen. Sie kauerte sich hin, wie um sich am Lodern der Lilien zu wärmen. Sie spürte sie in ihren Fingern und auf ihren Lippen, sie wuchsen in ihrer Brust.

»Es ist ein Mißverständnis«, sagte sie matt. »Niemand hat so viele bestellt! Sadie, geh und hole Mutter!«

Doch im gleichen Augenblick trat Mrs. Sheridan zu ihnen.

»Es ist ganz richtig«, sagte sie gelassen. »Doch, ich habe sie bestellt. Sind sie nicht herrlich?« Sie drückte Lauras Arm.

»Ich ging gestern an dem Geschäft vorbei und sah sie im Schaufenster. Und plötzlich dachte ich, einmal in meinem Leben will ich genug Cannalilien haben! Das Gartenfest ist ein guter Vorwand!«

»Aber ich meinte, du hättest gesagt, daß du dich nicht einmischen willst«, sagte Laura. Sadie war weggegangen. Der Mann vom Blumengeschäft stand noch draußen bei seinem Lieferwagen. Sie legte ihrer Mutter den Arm um den Hals, und zärtlich, sehr zärtlich biß sie ihrer Mutter ins Ohr.

»Mein liebes Kind, eine logische Mutter würdest du nicht leiden können, nicht wahr? Laß das! Hier kommt der Mann!« Er brachte noch mehr Lilien, noch ein ganzes Tragbrett voll.

»Stellen Sie sie bitte gleich an der Tür auf, zu beiden Seiten des Eingangs«, sagte Mrs. Sheridan. »Findest du nicht auch, Laura?«

»O ja, bestimmt, Mutter!«

Im Salon hatten Meg, Jose und der gute kleine Hans es endlich fertiggebracht, den Flügel zu verschieben.

»Wenn wir jetzt das Sofa an die Wand rücken und alles aus dem Zimmer räumen, bis auf die Stühle – was meint ihr dazu?«

»Gut!«

»Hans, tragen Sie die Tischchen ins Rauchzimmer und bringen Sie einen Besen mit, um die Druckstellen vom Flügel aus
dem Teppich zu bürsten – und, oh, einen Moment, Hans . . .«
Jose liebte es, den Dienstboten Befehle zu erteilen, und sie
liebten es, ihr zu gehorchen. Immer weckte sie in ihnen das
Gefühl, in einem Drama mitzuspielen. »Sagen Sie Mutter und
Miss Laura, sie möchten sofort herunterkommen!«

»Ja, Miss Jose!«

Sie wandte sich an Meg. »Ich wüßte gern, wie der Flügel
klingt – nur für den Fall, daß ich heute nachmittag gebeten
werde zu singen. Versuchen wir mal ›Das Leben ist traurig!‹«

Pomm! Ta-ta-ta *ti*-ta! Das Klavier stürmte so leidenschaftlich
los, daß Joses Miene sich veränderte. Sie faltete die Hände.
Sie blickte traurig und geheimnisvoll auf ihre Mutter und
Laura, die ins Zimmer traten.

> »Das Leben ist traurig,
> voll Seufzer und Tränen,
> die Liebe vergeht,
> das Leben ist trau – rig,
> voll Seufzer und Tränen,
> die Liebe vergeht,
> und dann . . . leb wohl!«

Doch beim Wort ›Lebwohl‹, und obwohl das Klavier verzwei-
felter denn je klang, flog ein strahlendes, furchtbar gefühllo-
ses Lächeln über ihr Gesicht.

»Bin ich nicht gut bei Stimme, Mummy?« jubelte sie.

> »Das Leben ist traurig,
> die Hoffnung erstirbt,
> ein Traum, ein Erwa – chen . . .«

Aber jetzt wurden sie von Sadie unterbrochen.

»Was gibt es, Sadie?«

»Bitte, M'm, die Köchin läßt fragen, ob Sie die Fähnchen für
die Sandwiches bereit haben?«

»Die Fähnchen für die Sandwiches, Sadie?« wiederholte Mrs.
Sheridan verträumt. Und die Kinder lasen ihr am Gesicht ab,
daß sie sie nicht bereit hatte. »Moment mal!« Und energisch
sagte sie zu Sadie: »Bestellen Sie der Köchin, daß sie sie in
zehn Minuten bekommt!«

Sadie ging.

»So, Laura«, sagte ihre Mutter hastig, »komm mit mir ins
Rauchzimmer! Ich habe die Namen irgendwo auf der Rückseite eines Briefumschlags. Du mußt sie mir herausschrei-
ben! Meg, geh augenblicklich nach oben und nimm das nasse
Ding von deinem Kopf! Jose, lauf und zieh dich fertig an! Habt
ihr gehört Kinder? Oder muß ich es eurem Vater sagen, wenn
er heute abend nach Hause kommt? Und – und Jose, besänf-

tige die Köchin, wenn du in die Küche gehst, ja? Ich habe heute morgen richtig Angst vor ihr!«

Der Briefumschlag fand sich endlich hinter der Uhr im Eß-
zimmer, obwohl Mrs. Sheridan sich nicht vorstellen konnte,
wie er dort hingeraten war.

»Eins von euch Kindern muß ihn mir aus der Handtasche ge-
stohlen haben, denn ich erinnere mich lebhaft . . . Rahmkäse
und Zitronenquark . . . hast du das?«

»Ja.«

»Eier und . . .« Mrs. Sheridan hielt den Umschlag von sich
weg. »Es sieht aus wie ›Mäuse‹. Es kann doch nicht ›Mäuse‹
heißen, was?«

»Oliven, Herzchen«, sagte Laura, die ihr über die Schulter
blickte.

»Ja, natürlich, Oliven! klingt wie eine schreckliche Zusam-
mensetzung: Eier und Oliven.« Endlich waren sie fertigge-
schrieben, und Laura brachte die Fähnchen in die Küche. Sie
fand Jose, die dabei war, die Köchin zu besänftigen, obwohl
sie gar nicht angsteinflößend aussah.

»Ich habe noch nie so ausgezeichnete Sandwiches gesehen«,
sagte Joses Stimme hingerissen. »Wieviel Sorten sind es, sag-
ten Sie? Fünfzehn?«

»Ja, fünfzehn, Miss Jose.«

»Dann gratuliere ich Ihnen!«

Die Köchin fegte mit dem langen Sandwichmesser die Rin-
den zusammen und lächelte von einem Ohr zum andern.

»Godbers' Ausläufer ist da!« verkündete Sadie und kam aus der Vorratskammer. Sie hatte den Mann am Fenster vorbeigehen sehen.

Es bedeutete, daß die Windbeutel gekommen waren. Godbers waren berühmt für ihre Windbeutel. Niemandem kam es in den Sinn, welche zu Hause zu backen.

»Bring sie her und stell sie auf den Tisch, mein Kind!« befahl die Köchin.

Sadie brachte sie und ging wieder an die Tür. Laura und Jose waren natürlich viel zu erwachsen, um sich aus derlei Dingen etwas zu machen. Trotzdem mußten sie zugeben, daß die Windbeutel sehr verlockend aussahen. Sehr! Die Köchin begann sie anzuordnen und schüttelte den überschüssigen Puderzucker ab.

»Versetzen sie einen nicht zurück zu allen früheren Festen? sagte Laura.

»Vermutlich«, sagte die praktische Jose, die es nie mochte, in die Vergangenheit zurückversetzt zu werden. »Sie sehen wunderschön leicht und luftig aus, das muß ich sagen!«

»Nehmen Sie sich jeder einen!« sagte die Köchin mit ihrer gemütlichen Stimme. »Ihre Ma merkt es nicht!«

Oh, unmöglich! Stellt euch vor: Windbeutel so bald nach dem Frühstück! Der bloße Gedanke ließ einen schaudern! Trotzdem: zwei Minuten drauf leckten sich Jose und Laura die Finger ab – mit dem gewissen andächtigen Blick, der nur von Schlagsahne herrühren kann.

»Laß uns in den Garten gehen, durch die Hoftür!« schlug Laura vor. »Ich möchte sehen, wie die Männer mit dem Zelt vorankommen. Es sind furchtbar nette Männer!«

Aber die Hoftür war von der Köchin, von Sadie, von Godbers' Ausläufer und von Hans blockiert.

Es war etwas passiert.

»Je, je, je!« kakelte die Köchin wie ein aufgeregtes Huhn. Sadie hielt die Hand an die Wange, als hätte sie Zahnweh. Hans' Gesicht war verzerrt von der Anstrengung, es zu begreifen. Nur Godbers' Ausläufer schien befriedigt: es war *seine* Neuigkeit!«

»Was ist los? Was ist geschehen?«

»Ein gräßlicher Unfall ist passiert!« sagte die Köchin. »Ein Mann ist verunglückt.«

»Ein Mann ist verunglückt? Wo? Wie? Wann?«

Aber Godbers' Ausläufer ließ sich seine Neuigkeit nicht vor der Nase wegschnappen.

»Kennen Sie die kleinen Hütten gleich da unten, Miss?« Ob sie sie kannte? Natürlich kannte sie sie! »Also dort wohnt ein junger Mann, ein Fuhrmann, Scott heißt er. Sein Pferd hat vor einem Traktor gescheut, heute früh, an der Ecke der Hawke Street, und er wurde runtergeschleudert und ist auf den Hinterkopf gefallen. Tot!«

»Tot?« Laura starrte Godbers' Ausläufer an.

»Tot, als sie ihn aufhoben«, sagte der Ausläufer mit Genugtuung. »Sie haben die Leiche nach Hause geschafft, als ich hier raufkam.« Und zur Köchin sagte er: »Er hinterläßt eine Frau und fünf kleine Kinder!«

»Jose, komm mal mit!« Laura packte ihre Schwester beim Ärmel und zog sie durch die Küche und auf die andre Seite der grünen Friestür. Dort blieb sie stehen und lehnte sich dagegen. »Jose«, sagte sie entsetzt, »wie sollen wir bloß alles absagen?«

»Alles absagen, Laura?« rief Jose erstaunt. »Was meinst du?«

»Das Gartenfest absagen natürlich!« Warum verstellte sich Jose?

Aber Jose war noch erstaunter. »Das Gartenfest absagen? Liebe Laura, sei nicht komisch! Natürlich können wir nichts dergleichen tun! Niemand erwartet es von uns. Sei nicht so überspannt!«

»Aber wir können unmöglich ein Gartenfest geben, wenn gleich hinter unserm Tor ein Toter liegt!«

Das war nun wirklich übertrieben, denn die kleinen Hütten standen in einer Gasse ganz für sich am Fuß einer steilen Steigung, die zum Haus hinaufführte. Eine breite Straße lag dazwischen. Natürlich standen die Hütten viel zu nah. Sie waren der schlimmste Schandfleck und hatten überhaupt kein Recht, in der Nachbarschaft zu stehen. Es waren kleine, schäbige Behausungen, schokoladebraun gestrichen. In den Vorgärten war nichts als Kohlstrünke, kranke Hühner und Tomatenbüchsen. Sogar der Rauch, der aus den Schornsteinen aufstieg, schien von Armut heimgesucht: kleine Fetzen und Fähnchen Rauch, so verschieden von den großen, silbrigen Fahnen, die sich aus den Schornsteinen der Sheridans emporkräuselten. Waschfrauen wohnten in der Gasse, und Schornsteinfeger und ein Schuster und ein Mann, dessen Hausfront über und über mit winzigen Vogelkäfigen bestückt war. Schwärme von Kindern. Solange die Sheridans klein waren, war es ihnen verboten, jemals einen Fuß dorthin zu setzen, wegen der widerlichen Ausdrücke und weil sie sich anstecken könnten. Doch seit sie erwachsen waren, gingen Laura und Laurie manchmal, wenn sie herumstrolchten, dort hindurch. Es war ekelhaft und schmutzig. Sie kamen schaudernd wieder heraus.

Doch schließlich mußte man überall hingehen: man mußte alles gesehen haben.

Deshalb gingen sie also hindurch. »Und stell dir nur vor, wie der armen Frau die Musik in den Ohren klingen würde!« sagte Laura.

»O Laura!« Jose begann ernstlich böse zu werden. »Falls du jedesmal, wenn jemand einen Unfall hatte, eine Musikkapelle am Spielen hindern willst, dann wirst du ein sehr anstrengendes Leben führen. Mir tut es ganz genauso leid wie dir. Ich habe ebensoviel Mitleid.« Ihre Augen wurden hart. Sie blickte ihre Schwester ebenso an wie früher, als sie klein waren und sich zankten. »Du holst einen betrunkenen Arbeiter nicht ins Leben zurück, indem du sentimental wirst«, sagte sie leise.

»Betrunken? Wer sagt, daß er betrunken war?« wandte sich

Laura wütend an Jose. Und genauso, wie sie es bei solchen Anlässen immer getan hatten, rief sie: »Ich gehe sofort zu Mutter rauf und sag's ihr!«

»Tu's, liebes Kind!« gurrte Jose.

»Mutter, darf ich zu dir ins Zimmer?« Laura drehte den großen gläsernen Türknauf herum.

»Natürlich, Kind! Oh, was ist denn los? Warum bist du so erhitzt?« Mrs. Sheridan wandte sich von ihrem Toilettentisch ab. Sie probierte einen neuen Hut auf.

»Mutter, ein Mann ist getötet worden«, begann Laura.

»Hoffentlich nicht bei uns im Garten?« fiel ihr die Mutter ins Wort.

»Nein, nein!«

»Oh, was du mir für einen Schreck eingejagt hast!« Mrs. Sheridan seufzte erleichtert, nahm den großen Hut ab und hielt ihn auf den Knien fest.

»Hör doch zu, Mutter!« sagte Laura. Atemlos und halb erstickt erzählte Laura ihr die schreckliche Geschichte. »Natürlich können wir nun unser Fest nicht geben, oder?« flehte sie. »Mit der Musikkapelle und allen, die herkommen! Sie würden uns hören, Mutter, es sind fast Nachbarn von uns!« Zu Lauras Verwunderung benahm sich ihre Mutter genau wie Jose; es war schwerer zu ertragen, weil es sie zu amüsieren schien. Sie weigerte sich, Laura ernst zu nehmen.

»Aber liebes Kind, nimm deinen Verstand zusammen! Nur durch einen Zufall haben wir es erfahren. Wenn jemand dort

unten auf die übliche Art gestorben wäre – ich verstehe ohne-
hin nicht, wie sie in den muffigen Löchern am Leben bleiben –, dann gäben wir trotzdem unser Fest, nicht wahr?«
Darauf mußte Laura mit ›ja‹ antworten, aber sie fand, daß es
ganz falsch war. Sie setzte sich aufs Sofa ihrer Mutter und
zupfte am Kissenvolant.

»Mutter, ist es nicht eigentlich furchtbar herzlos von uns?«
fragte sie.

»Liebling!« Mrs. Sheridan stand auf und kam zu ihr hinüber,
den Hut in der Hand. Bevor Laura sie daran hindern konnte,
wurde er ihr aufgestülpt. »Liebes«, sagte ihre Mutter, »ich
schenke dir den Hut! Es ist wie für dich gemacht! Für mich ist
er viel zu jugendlich. Noch nie habe ich dich so bildhübsch
gesehen. Schau dich an!« Und sie hielt ihr den Handspiegel
vor.

»Aber Mutter«, begann Laura wieder. Sie konnte sich nicht
anschauen; sie wandte sich ab. Diesmal verlor Mrs. Sheridan
die Geduld – genau wie Jose es getan hatte.

»Du bist lächerlich, Laura!« sagte sie kalt. »Solche Leute er-
warten keine Opfer von uns. Und es ist nicht sehr einfühlsam
von dir, allen die Freude zu verderben, wie du es jetzt tust.«

»Ich verstehe es nicht«, sagte Laura und ging rasch aus dem
Zimmer und in ihr eigenes Schlafzimmer. Ganz zufällig war
das erste, was sie dort im Spiegel erblickte, ein reizendes junges Mädchen – in einem schwarzen Hut, geschmückt mit gol-
denen Maßliebchen und einem langen schwarzen Samtband.

Nie hätte sie geglaubt, daß sie so aussehen könne. Hat Mutter recht? überlegte sie. Jetzt hoffte sie, daß ihre Mutter recht hatte. Bin ich überspannt? Vielleicht war sie überspannt. Nur einen Augenblick machte sie sich noch einmal ein Bild von der armen Frau und ihren kleinen Kindern und der Leiche, die ins Haus getragen wurde. Aber es schien alles verschwommen, unwirklich, wie ein Bild in der Zeitung. Ich will mich wieder daran erinnern, wenn das Fest vorbei ist, beschloß sie. Und irgendwie schien das weitaus der beste Plan zu sein.

Das Mittagessen war um halb zwei beendet. Um halb drei waren sie alle bereit für den ›Kampf‹. Die grünberockte Kapelle war eingetroffen und in einer Ecke des Tennisplatzes untergebracht worden.

»Oh, Liebes«, zwitscherte Kitty Maitland, »sehen sie nicht haargenau wie Laubfrösche aus? Ihr hättet sie rund um den Teich gruppieren sollen und den Dirigenten in der Mitte auf einem Blatt!«

Bruder Laurie traf ein und winkte, als er zum Umziehen ins Haus wollte. Bei seinem Anblick erinnerte sich Laura wieder an das Unglück. Sie wollte es ihm erzählen. Wenn Laurie den andern beipflichtete, dann mußte es in Ordnung sein. Und sie folgte ihm in die Halle.

»Laurie!«

»Hallo!« Er war schon halb die Treppe hinauf, doch als er sich umdrehte und Laura sah, blies er plötzlich die Backen auf und starrte sie mit Glotzaugen an. »Donnerwetter, Laura! Du siehst umwerfend aus!« sagte Laurie. »Was für ein phantastisch schicker Hut!«

Laura sagte leise: »Wirklich?«, und lächelte Laurie zu und erzählte es ihm schließlich doch nicht.

Bald darauf begannen die Leute hereinzuströmen. Die Kapelle legte los; die Lohndiener rannten vom Haus zum Festzelt. Wohin man blickte, schlenderten Paare umher, beugten sich über die Blumen, grüßten und gingen auf dem Rasen weiter. Sie glichen bunten Vögeln, die sich für diesen einen Nachmittag in Sheridans Garten niedergelassen hatten – auf dem Flug wohin? Ach, was für ein Glück, mit Menschen zusammen zu sein, die alle glücklich sind, und Hände zu drücken und Wangen zu berühren und andern Augen zuzulächeln!

»Liebste Laura, wie gut du aussiehst!«

»Was für ein kleidsamer Hut, Kind!«

»Laura, du siehst richtig spanisch aus! Ich habe dich noch nie so bezaubernd gesehen!«

Und Laura erglühte und antwortete sanft: »Haben Sie Tee bekommen? Möchten Sie ein Eis? Das Passifloraeis ist wirklich etwas Besonderes!« Sie lief zu ihrem Vater und bat ihn: »Liebster Vater, kann die Kapelle nicht etwas zu trinken bekommen?«

Und der herrliche Nachmittag erblühte langsam, verwelkte langsam und schloß langsam seine Blütenblätter.

»Nie ein schöneres Gartenfest . . .« – »Sehr geglückt . . .« – »Das allernetteste . . .«

Laura half ihrer Mutter beim Verabschieden. Sie standen nebeneinander im Eingang, bis alles vorüber war.

»Gott sei Dank ist alles vorbei«, sagte Mrs. Sheridan. »Trommle die andern zusammen, Laura! Laß uns frischen Kaffee trinken! Ich bin erschöpft! Ja, es war sehr geglückt, aber, oh, diese Feste, diese Feste! Warum besteht ihr Kinder immer darauf, Feste zu geben?« Und alle ließen sich im leeren Zelt nieder.

»Nimm ein Sandwich, Daddy! Ich habe die Fähnchen beschriftet.«

»Danke!« Mr. Sheridan biß hinein, und das Sandwich war weg. Er nahm noch eins. »Vermutlich habt ihr nichts von dem abscheulichen Unfall gehört, der sich heute ereignet hat?« fragte er.

»Wir wußten es, mein Lieber!« sagte Mrs. Sheridan und hob die Hand. »Es hätte uns fast das Fest verdorben. Laura wollte unbedingt, daß wir es verschieben.«

»O Mutter!« Laura mochte sich nicht damit hänseln lassen.

»Es war immerhin eine schreckliche Sache«, sagte Mr. Sheridan. »Der arme Mensch war obendrein verheiratet. Er wohnte gleich unten in der Gasse, und wie es heißt, hinterläßt er eine Frau und ein halbes Dutzend Kinder!«

Eine verlegene Pause trat ein.

Mrs. Sheridan fingerte nervös an ihrer Tasse. Wirklich, es war sehr taktlos von Vater . . . Plötzlich blickte sie hoch. Vor ihr auf dem Tisch standen all die übriggebliebenen Sandwiches,

Kuchen und Windbeutel – alle vergeudet. Sie hatte einen ihrer glänzenden Einfälle.

»Ich weiß was«, sagte sie. »Wir wollen einen Korb zurechtmachen und dem armen Geschöpf etwas von diesen tadellosen Sachen schicken! Für die Kinder wird es auf jeden Fall die größte Schlemmerei. Meint ihr nicht auch? Und sicher kommen Nachbarn zu ihr zu Besuch, und so weiter. Wie praktisch, dann schon alles fertig vorbereitet zu haben! Laura!« Sie sprang auf. »Hol mir den großen Korb aus dem Treppenverschlag!«

»Aber Mutter, glaubst du wirklich, daß es eine gute Idee ist?« fragte Laura.

Wie merkwürdig! Wieder schien sie sich von allen andern zu unterscheiden! Überbleibsel von ihrem Gartenfest zu nehmen – ob das der armen Frau wirklich gefiele?

»Natürlich! Was ist denn heute los mit dir? Vor ein, zwei Stunden wolltest du durchaus, daß wir Mitgefühl zeigen!« Also gut! Laura lief weg, um den Korb zu holen. Er wurde gefüllt, wurde jetzt von ihrer Mutter hoch aufgehäuft.

»Bring ihn selber, Liebling!« sagte sie. »Lauf so hinunter wie du bist! Nein, warte, nimm auch noch die Cannalilien mit! Leute dieser Klasse lassen sich so von Cannalilien beeindrucken!«

»Die Stiele werden ihr Spitzenkleid verderben«, sagte die praktische Jose.

Das stimmte. Gerade noch rechtzeitig! »Dann nur den Korb!

Und, Laura . . .« Ihre Mutter folgte ihr aus dem Zelt. »Auf keinen Fall sollst du . . .«

»Was, Mutter?«

Nein, besser, dem Kind keine solchen Gedanken in den Kopf zu setzen. »Nichts. Geh nur!«

Es begann dämmerig zu werden, als Laura ihr Gartentor schloß. Ein großer Hund rannte wie ein Schatten vorbei. Die Straße schimmerte weiß, und unten in der Senke standen die Hütten in tiefem Schatten. Wie still es schien nach diesem Nachmittag! Hier ging sie den Hügel hinab, irgendwohin, wo ein Mann tot dalag, und sie konnte es nicht begreifen. Warum konnte sie nicht? Sie blieb ein Weilchen stehen. Und ihr schien, daß Küsse, Stimme, klirrende Löffel und Gelächter und der Geruch zertretenen Grases irgendwie in ihr drinnen waren. Für etwas anderes hatte sie keinen Platz. Wie seltsam! Sie blickte zum blassen Himmel auf, und alles, was sie dachte, war: ›Ja, es war ein überaus geglücktes Fest!‹

Jetzt wurde die breite Straße gekreuzt. Die Gasse begann – verqualmt und dunkel. Frauen in Schals und wollene Männermützen eilten vorbei. Männer lungerten über den Zäunen; Kinder spielten vor der Tür. Ein leises Summen stieg aus den armseligen kleinen Hütten auf. In einigen flackerte Licht, und ein Schatten zog krabbenartig über das Fenster. Laura senkte den Kopf und hastete weiter. Jetzt wünschte sie, sie hätte einen Mantel übergezogen. Wie ihr Kleid leuchtete! Und der große Hut mit dem flatternden Samtband – wenn es

wenigstens ein andrer Hut gewesen wäre! Ob die Leute sie
anstarrten? Sie mußten wohl! Es war ein Fehler, herzukom-
men, sie wußte es die ganze Zeit über, daß es ein Fehler war.
Sollte sie selbst jetzt noch umkehren?

Nein, zu spät! Das hier war das Haus. Das mußte es sein. Eine
dunkle Gruppe von Menschen stand draußen. Neben der
Pforte saß eine uralte Frau mit Krücke auf einem Stuhl und
beobachtete. Sie hatte die Füße auf einer Zeitung. Die Stimmen brachen ab, als Laura näher trat. Die Gruppe teilte sich.
Es war, als hätte man sie erwartet, als hätten sie gewußt, daß
sie herkäme.

Laura war furchtbar nervös. Sie warf das Samtband über die
Schulter und fragte eine Frau, die herumstand: »Ist das Mrs.
Scotts Haus?«, und die Frau lächelte sonderbar und sagte: »Ja,
das ist es, Mädelchen!«

Oh, weit weg sein von alledem! Statt dessen sagte sie: »Gott,
steh mir bei!«, als sie den kleinen Gartenweg entlangging
und anklopfte. Weit weg sein von den starrenden Augen oder
bedeckt sein mit irgendwas, wenigstens mit einem dieser
Frauenschals! Ich werde einfach den Korb hierlassen und gehen, beschloß sie. Ich werde nicht mal abwarten, bis er ausge-
packt ist! Dann ging die Tür auf. Eine kleine Frau in Schwarz
erschien im dämmrigen Licht.

Laura fragte: »Sind Sie Mrs. Scott?« Aber zu ihrem Entsetzen
antwortete die Frau: »Treten Sie bitte ein, Miss!«, und sie
stand eingeschlossen auf dem Flur.

»Nein«, sagte Laura. »Ich will nicht eintreten. Ich will nur den Korb hierlassen. Mutter schickt . . .«

Die kleine Frau im düsteren Flur schien sie nicht gehört zu haben.

»Bitte, hier entlang, Miss!« sagte sie mit öliger Stimme, und Laura folgte ihr.

Sie sah sich in einer armseligen Küche, die von einer blakenden Lampe erhellt wurde. Vor dem Feuer saß eine Frau.

»Emma«, sagte das kleine Geschöpf, das sie hereingelassen hatte, »Emma, hier ist eine junge Dame!« Sie wandte sich zu Laura um. Erklärend sagte sie: »Ich bin ihre Schwester, Miss. Sie entschuldigen sie, nicht wahr?«

»Oh, aber natürlich«, sagte Laura. »Bitte, bitte, stören Sie sie nicht! Ich wollte nur den Korb . . .«

Doch im gleichen Augenblick drehte sich die Frau vor dem Feuer um. Ihr Gesicht – verquollen, rot, mit geschwollenen Augen und Lippen – sah schrecklich aus. Sie schien nicht verstehen zu können, weshalb Laura da war. Was hatte es zu bedeuten? Warum stand diese Fremde mit einem Korb in der Küche? Was sollte das alles? Und das arme Gesicht verzog sich schmerzlich.

»Laß nur, Liebes«, sagte die andre. »Ich werde der jungen Dame danken!«

Und wieder begann sie: »Sie werden sie sicher entschuldigen, Miss«, und ihr Gesicht, das ebenfalls geschwollen war, bemühte sich um ein öliges Lächeln.

Laura wollte nur hinaus und weg. Sie stand wieder im Flur. Die Tür öffnete sich. Sie ging geradenwegs in das Schlafzimmer, wo der Tote lag.

»Sie wollten ihn gern ansehen, nicht wahr?« sagte Emmas Schwester und streifte an Laura vorbei zum Bett hinüber. »Fürchten Sie sich nicht, Mädelchen« – und jetzt klang ihre Stimme liebevoll und listig, und liebevoll zog sie das Leichentuch weg, »er sieht wie ein Bild aus! Nichts ist zu sehen! Kommen Sie nur, Kind!«

Laura trat vor.

Da lag ein junger Mann, lag schlafend, schlief so fest, so tief, daß er weit, weit weg von den beiden war; oh, so fern, so friedlich! Er träumte. Man durfte ihn nie mehr aufwecken! Sein Kopf war ins Kissen gesunken, seine Augen waren geschlossen, blind unter geschlossenen Lidern. Er war hingegeben an seinen Traum. Was kümmerten ihn Gartenfeste und Körbe und Spitzenkleider? Er war weit weg von solchen Dingen. Er war wundervoll, war schön. Während sie lachten und die Musik gespielt hatte, war dieses Wunder in die Gasse gekommen. Glücklich . . . glücklich . . . Alles ist gut, sagte das schlafende Gesicht. Es ist genauso, wie es sein soll. Ich bin zufrieden.

Doch trotzdem mußte man weinen, und sie konnte nicht aus dem Zimmer gehen, ohne etwas zu ihm zu sagen. Laura schluchzte laut und kindlich.

»Verzeih meinen Hut!« sagte sie.

Und diesmal wartete sie nicht auf Emmas Schwester. Sie fand den Weg zur Tür hinaus, den Gartenpfad entlang und an all den dunklen Leuten vorbei. An der Ecke stieß sie auf Laurie. Er trat aus dem Schatten. »Bist du es, Laura?«

»Ja.«

»Mutter fing an, sich zu ängstigen. War alles recht?«

»Ja. Doch. O Laurie!« Sie nahm seinen Arm und schmiegte sich an ihn.

»Hör mal, du weinst doch nicht?« fragte der Bruder.

Laura schüttelte den Kopf. Sie weinte.

Laurie legte ihr den Arm um die Schuler. »Weine nicht!« sagte er mit seiner warmen, liebevollen Stimme. »War es schlimm?«

»Nein«, schluchzte Laura. »Es war einfach wunderbar! Aber, Laurie . . .« Sie verstummte, sie blickte ihren Bruder an. »Ist das Leben . . .«, stammelte sie, »ist das Leben nicht . . .« Aber wie das Leben war, konnte sie nicht erklären. Es machte nichts. Er verstand sie gut.

»Ja, nicht wahr, Liebes?« sagte Laurie.